Förställning
Ett liv

FÖRSTÄLLNING
Ett liv

Bo Lundberg

Förställning

© 2025 Bo Lundberg

Omslag, Bilder och Formgivning av Författaren

Typsnitt: Gentium Book Plus

Förlag: BoD · Books on Demand, Östermalmstorg 1,

114 42 Stockholm, bod@bod.se

Tryck: Libri Plureos GmbH, Friedensallee 273,

22763 Hamburg, Tyskland

ISBN: 978-91-8080-806-4

Om man med tillräcklig omsorg bygger sig ett skal kan man kanske göra sig näst intill oberoende av omgivningen, men inte ens de mest omfattande insatser kan bevara människan däri, det blir med tiden inget annat än mumifiering.

Innehåll

Inledning

Begreppet förställa förefaller förringat eller rent av bortglömt i den kulturella diskursen. Inte minst tydligt blir det på nätets sökrobotar som ofta blandar ihop förställd med föreställd, två ord som skiljs åt av en enda bokstav men som har helt olika betydelse. Att föreställa sig något innebär att tänka på något som inte är fallet, medan att förställa sig är att utföra något som blir fallet. Förställningskonsten förutsätter en avancerad intentionalitet som endast människan förmår att hantera. Att föreställa sig är frivilligt medan förställningen ofta är förknippad med konsekvenser som begränsar friheten. Man kan föreställa sig hur det är att vara blind genom att blunda. Att förställa sig vara blind är däremot ett bedrägeri. Medan spionen förställer sig föreställer sig skådespelaren. Förställningen kan således vara, och används ofta som, ett vapen i livskampen. Därav får dessa båda beteenden också helt olika bemötanden hos omgivningen. Medan föreställaren oftast blir bedömd utifrån förmågan, så blir förställaren bedömd utifrån moraliska kriterier. Det kan också uttryckas som att föreställningen sker på en upplyst väg, medan förställningen sker i en mörk labyrint. Förställning är således ett avancerat verktyg som människan ensam förfogar över. Även om detta verktyg tillgrips i stunden — Oftast i avsikt att vinna en eller annan fördel. — så är det mycket lätt att låta förställningen bli till den person som framträder i vardagen. En sådan utveckling kommer med tiden att innebära stora begränsningar för personligheten. Hos yngre människor hotar masken att ersätta den ännu ofärdiga personen. Man kan då tala om en förställning grundad i omgivningen.

Denna berättelse visar hur förställningskonsten kan få en avgörande betydelse i en människas utveckling. Handlingen följer huvudpersonen under hela hans liv, gestaltat via en rad nedslag bland hans minnen av olika händelser. Förhållandet mellan dessa minnen och de faktiska händelserna de baseras på blir därmed avgörande för läsarens upplevelse av hans liv. Varje minne måste passera en upplevelse. Men till skillnad mot upplevelsen är minnet en skapelse baserat på upplevelsen, inte händelsen i sig. En upplevelse av en händelse består av en rad känslor såsom smärta och glädje. Inget av detta kan bevaras i minnet. Minnen begränsas till beskrivningar av dessa känslotillstånd genom att klä dem i ord såsom skräck och jubel. Minnet kan inte innehålla känslor men skapa känslor vilka då inte beskriver den ursprungliga känslan. Strängt taget är minnen mer att se som fiktioner.

Om nu någon skulle misstänka att detta är en självbiografi kan jag försäkra att huvudpersonen i berättelsen inte är författaren. Det må vara författarens liv som motsvaras men författaren själv är inte närvarande. Berättelsen är således inte en autofiktion men en alterfiktion.

Bo Lundberg
Malmö 2024-05-23

DEL ETT

Uppväxt

ETT

Det är gryning
i dagens första ljus börjar terrängen framträda
en känslornas geografi börjar sakta ta form
till en början suddig utslätad
det obevekliga ljuset vässar konturerna
törnena börjar lämna obehagliga märken efter sig.
Den långa färden har börjat
från trygghetens inbjudande landskap
genom fasornas mörka skogar
från sommarängens lättsamma terräng
till de oöverstigliga bergstopparna
inget skall besparas dig innan dagen är slut.

Till en början består terrängen mest av händelser, här finns inga andra personer, det är en händelserik men avfolkad värld. Till och med ens ursprung reduceras från början till känslor såsom rädsla, glädje, hunger och vrede. De första personerna som tar form är föräldrarna — mor och far. På gott och ont blir dessa till lackmustestet för den tidiga barndomens navigerande.

När vi först träffar honom, vår berättelses hjälte... Men hjälte, leder det inte tankarna till sagoberättelser? Kanske blir det bättre med det mer sakliga och neutrala, huvudperson, men å andra sidan låter nog huvudperson lite för rapporterande, det här är ju trots allt inte en dokumentär redovisning. Nej, hjälte får det bli. Ergo, där står han, L, det är så han heter, fortfarande iklädd ytterkläder efter promenaden med far, förundrat tittande uppåt. — När man är knappt tre, händer det mesta långt ovanför ens huvud. När han och far kom hem efter söndagspromenaden och mor frågade vad de gjort berättade han för mor, inte utan förväntan, att de telefonerat. Då hade man fortfarande inte telefon i hemmet. Den förväntade reaktionen på denna spännande händelse uteblev, istället blev nu mor mycket arg på far och de började skrika till varann. L förstod att det var det han berättat som fick mor att bli arg. Det gjorde honom först rädd, var det hans fel? Men de blev inte arga på honom, nej, de brydde sig inte alls om honom, hjälpte honom inte

11

ens av med ytterkläderna. På tvååringens vis kände han sig nu mycket övergiven och vilsen i en obegriplig värld.

Detta är början av vår berättelse, detta är L:s första klara minne som kom att finnas kvar för resten av hans liv. Vad som därefter hände den dagen efterlämnade inte några minnen och hamnade därmed, som det mesta i en människas liv, i det tomrum som minnets nyckfulla sortering skapar. Desto viktigare och kvarstående blev däremot den känsla av otrygghet han upplevt i det ögonblicket, stående där mellan sina båda grälande föräldrar. En känsla som skulle komma att bli något av en livsledsagare för honom. Huruvida otryggheten debuterat redan tidigare vet han inget om. Det blev således med denna händelse hans otrygghet alltid kom att förknippas.

Till en början, innan han vant sig, protesterade lille L, han vägrade acceptera allt obehag eller tvång, inte alltid högljutt men icke desto mindre drastiskt. Som första och hittills enda företrädaren för släktens femte generation blev han från början överbeskyddad. Det började med att släkten fick för sig att han åt för lite. Måltiderna förvandlades till cirkusföreställningar, med smörgåsar utskurna som små figurer och pantomimföreställningar kring matbordet som vardagliga inslag. Allt i avsikt att få i honom maten, men allt visade sig vara förgäves. Med hårt hopknipna läppar, en mun som ett smalt streck, satt han där. Till slut visste man inget annat råd än att uppsöka en vid tiden populär barnläkare. Efter sedvanlig undersökning som inte avslöjade några anomalier fick föräldrarna rådet: "Då det inte tycks fattas honom något, kan ni lugnt låta honom äta när han är hungrig."

Nästa strid kom när mor, i ett försök att bidra till den unga familjens uppehälle, försökte lämna honom på daghemmet. Rädd, övergiven och besviken kunde han inte förstå varför hon lämnat honom där i ett mörkt rum fyllt av obehagliga galonmadrasser och vita rockar. Men de vita rockarna måste väl ha innehållit personal och där måste ha funnits fler barn än han, kan man tycka. Men nej, för honom var det bara detta, galonmadrasser och vita rockar i ett skrämmande ödsligt halvmörker. Att de välmenande damerna i vita rockar ville få honom att sova middag på en av de galonöverdragna madrasserna i den nedsläckta sovsalen var inget som imponerade på lille L. Ur denna helt obekanta situation kunde han inte finna någon utväg, inget sätt att undkomma rädslan. Detta fick honom att ta till en mindre spektakulär men för omgivningen, och för framtiden, icke desto mindre drastisk flyktmetod. Han låtsades som om allt detta inte fanns, gick in i sig själv och väntade. Så fort han kunde undkomma sovsalen gick han och satte sig vid staketet, i den riktning mor försvunnit, omöjlig att nå fram till, "Mamma var är du, när kommer du?". Meddelandet gick fram till alla berörda, det blev både första och

13

sista besöket på daghemmet.

"Ja, han är egensinnig," gick ordet bland släkt och grannar. "Ja, och han släpper en inte in på livet, man får inte röra vid honom, det tycker han inte om." Det var sant, den typ av fysisk beröring vuxna ofta erbjöd eller försökte tillskansa sig av typen: "kom får jag en kram", "kan man få en puss idag", avvisades alltid bryskt. Redan som mycket liten reserverade han sig mot denna egofixerade tillgjorda känslosamhet.

Familjen var fortfarande djupt märkt av den sociala och materiella katastrof som hade drabbat den knappt fyrtio år tidigare. Som ett resultat uppvisade familjemedlemmarna nu en överdriven upptagenhet vid det yttre skenet och den materiella tryggheten. Man får emellertid inte uppfatta L:s uppväxtmiljö som auktoritär i vanlig mening. Det som redan från början medförde en så stark prägel var något mer indirekt. Den relativt lilla släkten hade, framförallt i andra och tredje led, präglats av det som hänt. För de som varit med när den plötsliga döden och med den följande sociala och ekonomiska krisen slog till, hade upplevelsen blivit sådan att den för resten av deras liv etsat in nödvändigheten av att sätta tryggheten i främsta rummet.

För dessa människor blev spontanitet synonymt med oförsiktighet eller rent av dumdristighet, och sparsamhet en självklarhet. Man hade kommit att överbetona betydelsen av det egna beteendet, framförallt socialt. Det hade därmed uppstått ett förhållande till omgivningen, med vissa typiska drag: Förutom auktoritetstro, en vilja att alltid handla korrekt i förhållande till den andre, att alltid göra rätt för sig och inte minst att alltid undvika för stora risker. Stor vikt lades vid värderingar som kännetecknades av konventioner och oskrivna regler. Brott mot dessa regler kom att utlösa en stark känsla av skam. Denna kraft var så dominerande att även de sällsynta fysiska bestraffningarna utlöstes av detta så oproportionerliga behov av att inte avvika. Man skulle kunna säga att även bestraffning fått en konventionell karaktär. Dessa bud inpräntades nu oupphörligen i den senaste och hittills enda företrädaren för släktets framtid, lille L.

Det var denna miljö som kom att helt dominera hans första levnadsår och därmed forma honom för framtiden. Som varande den förste representanten för det femte släktledet fick lille L redan från födelsen uppleva en omtanke som inte visste några gränser. En omsorg som alltid, om än omedvetet, kom att bli mycket enkelspårig och fylld av förmaningar. Då dessa föreskrifter inplanterades redan under de första levnadsåren växte de snabbt fast. Värderingarna internaliserades och blev till en del av utvecklingen under uppväxten. Det skulle kunna beskrivas i termer av kroppslig utveckling likväl som socialisation.

Med gruppen som katalysator kunde stundens

ingivelse trots allt lätt förvandlas till handling. Därtill påhejad av den hisnande spänningen som det okända utgjorde, lockades trots allt L ibland ut i något han, ofta inners inne, visste var förbjuden terräng. Men gång på gång fick han erfara att äventyrets ursprungliga dragningskraft förlorade dragkampen mot traumat av att ha brutit mot reglerna, att ha gjort fel och handlat utan tillåtelse. Spontaniteten tycktes alltid dra det kortaste strået och kvar blev bara känslan av en otäckt lockande fara. Det var dylika erfarenheter som vid otaliga tillfällen fick honom att avstå, ofta som den ende bland gårdens pojkar. Fortfarande kan han minnas utanförskapet då han ensam stod kvar när de övriga pojkarna överskred det förbjudna och korsade stora gatan.

Medan det i äldre bebyggelse, ofta uppförd under förra seklet, var vanligt med butiker i källarplanet var detta numera helt borta, utraderat av en eller annan bostadsreform. Istället var i stort sett alla gathörn nu intagna av butiker. I L:s närmaste omgivning fanns sådana hörn för specerier, mjölk, fisk, kött och bröd. Det var där han tillsammans med mor dagligen gick och handlade. När man fick förtroendet att bära hem mjölken då gick man försiktigt, man sprang inte! En av många väl inpräntade regler. Desto hemskare föreföll därför den vita fläck som nu bredde ut sig på stenplattorna framför honom. Han stod som förstenad på trottoaren och såg hur mjölken följde plattornas skarvar ner mot rännstenen där den bildade en rännil mot avloppet, till slut var det bara glasskärvorna från den krossade flaskan kvar. Det var inte meningen! skrek något inom honom. Att ha burit sig dumt åt fick ett högt pris, det var där den verkliga bestraffningen ägde rum, i det inre. L visste, det hade han fått lära sig, han hade betett sig ansvarslöst och nu skämdes han.

En hård bestraffning — skammen. Från skammen kunde man inte fly, det gjorde den värre än skräcken. Skräcken som då en vilt skrikande man, ett monster i hans ögon, jagade dem, uppenbarligen för att de suttit på kofångaren till mannens bil. Vid detta och andra liknande tillfällen såg han ingen annan utväg än att fly upp i bostaden, trygghetens självklara hemvist, och under förespegling av illamående eller något liknande, gömma sig under täcket för resten av dagen. Där kunde han bli liggande i timmar, hela tiden livrädd för att dörrklockan skulle ljuda och det skulle visa sig vara förföljaren som hittat honom.

Värst var de gånger då skam och skräck slog sig samman och skar av alla flyktvägar. Som när han återvände hem med en reva i sina nya mollskinnsbyxor. Varje trappsteg upp till fjärde våningen avverkades under vånda. Pinan blev akut så snart han kom innanför dörren och bekännelsen strömmade ur honom, hela bekännelsen rätt ut i den tomma hallen. Ingen förstod till en början vad som hänt, vad han pratade om. Själv kände han en stor lättnad, nu visste mor och far,

17

nu fick de bestämma. När resultatet, de nyinköpta sönderrivna byxorna, uppdagats stod det klart att han måste bestraffas. Med byxorna neddragna till knäna, lutad över köksbordet skulle rottingen nu avskräcka. Men då hela traumat lättat efter hans inledande bekännelse, blev det enda minnet rottingen efterlämnade hur hans nakna svettiga hud hade klibbat mot köksbordets färgglatt mönstrade vaxduk och när han fick tillåtelse att resa sig följde vaxduken med. Det enda rottingen kunde tillföra hade den gjort redan vid beslutet att använda den, far kunde besparat sig ansträngningen.

All denna monumentala dumhet! Men ännu var han för ung för att reflektera men inte för ung att lära, att låta sig dresseras. L reagerade som en pavlovsk hund och uppvisade vad han fått lära sig var ett gott uppförande, helt omedveten om de från viljan oberoende begränsningar som driftslivet satte på hans uppförandet. Det var således med totalt oförstående han gång på gång upplevde den obehagliga och förhatliga reaktion som fick honom att förlora kapplöpningen runt kvarteret. Med sina långa ben var han ju en god löpare, varför blev han alltid omsprungen på upploppet? Springande som om det gällde livet, med hela kroppen, benen gick som trumpinnar, armarna vevade på, och snoppen svängde taktfast i träningsbyxorna. Inne på sista sträckan, alltid på sista sträckan, hände det! En enorm ilning mellan benen, så intensiv att det blev omöjligt att bibehålla farten och återigen fick han se sig omsprungen på upploppet. När han efter upprepade besvikelser beslutade sig för att rådfråga mor fick han bara veta, "Det är säkert inget farligt, det går nog över med tiden".

Efter hand som vyerna vidgades uppdagades också alla de bråddjupa sprickor terrängen var full av, väl dolda i undervegetationen var det bara alltför lätt att falla ner i dem och så skedde, gång på gång. Det var på så vis, genom återkommande praktisk övning, han lärde sig behärska klättrandets svåra konst, men till en början blev överrumplingen ofta total och besvikelsen övermäktig. Ett av dessa brådstörtade fall som kom att så tydligt bevaras var minnet av den silverfärgade revolvern med hölster, närmare bestämt frånvaron av den samma, minnet av själva revolvern som han senare fick, kanske redan dagen därpå, är helt borta. Den mörka och smutsiga trappan ner från gångbanan till leksaksaffären — Som låg i källarplanet, som så många småaffärer, i äldre fastigheter, fortfarande gjorde på den tiden. — kändes extra obehaglig den dagen, då det var första gången han fått gå ensam att handla i leksaksaffären två kvarter bort. Nu gick han, med egna pengar, för att köpa den silverfärgade revolvern med hölster som han velat ha så länge. Bilden av revolvern hjälpte till att lysa upp den mörka trappan, men så när han tog i handtaget gick dörren inte att öppna, den var låst... Affären är stängd!

Efter en stund, som då föreföll mycket lång, märkte L att han bara stod där framför den låsta dörren, som om hans närvaro skulle få affären att öppnas. Han tvingades vända hemåt med besvikelsens outhärdliga hånskratt i öronen, vägen hem var längre än vägen dit, mycket längre. Till slut är han då äntligen hemma och ringer på dörrklockan, mor öppnar och allt rämnar, besvikelsens tyngd lättar och seglar iväg på tårarnas hav. Mors besked att han fick vänta till nästa dag var dock oacceptabelt, i besvikelsens ljus kunde hon lika väl sagt nästa år.

*

Men vänta nu, är detta verkligen hela sanningen! Vad är detta för barndomsskildring? Det måste väl ha funnits ljusa stunder frågar sig kanske någon mer livsbejakande läsare. Nu är det så att en tillbakablick över ett liv måste vila på det bräckliga fundament som minnet erbjuder, ett fundament där tillbakablicken kanske bäst framställs som ett antal flashbacks snarare än som en sammanhållen resumé. "Sanningen" är då det som finns kvar i minnet av ögonblicket och kanske, till viss del, minnet av de i efterskott infriade eller grusade förhoppningarna om framtiden. Den livsbejakande berättelsen om det förflutna är aldrig mer än projektionen av bevarade resultat från ögonblicket, det ögonblick som känslorna då skapade. Den mer objektiva sanning man skulle vilja återge finns endast i stundens skrik eller skratt, något som aldrig kan bevaras i minnet.

Det ljus du kanske saknar finns i friheten inte i dressyren, en dressyr, som du märker, var sådan att till och med extasen till en början måste reduceras till något obegripligt och frustrerande. Det finns väl inget mer lögnaktigt än minnet, tänker du kanske. Det berättar sina egna historier, väljer färg och form efter humör, minnet får en att framstå som kameleont. Minnet är en underlig sak, något man aldrig skall lita på. Om denna karaktäristik av minnet kan vi kanske vara överens. Minnet är kanske underligare än vad någon av oss i förstone vill tro, men en sak ... Kan minnet verkligen beskrivas som en sak? Ja, till och med dess ontologiska status tycks oklar. Men förutom detta för oss obegripliga minne vad finns annars kvar av det förflutna? Det ofta fruktlösa sökandet efter själv-förståelse, ett sökande utan slut, frågor kanske utan svar, finner sin enda förklaring just där, i minnets oförutsägbara nycker. Nu är det här en berättelse om en person som kom att bli en fantasimänniska och om vägen som tog honom dit. En sådan berättelse tende-rar att bli tendentiös, i så måtto att den inte alls be-skriver ett objektivt skeende. Några bra exempel på minnets obegripliga sortering får vi av följande ex-empel.

Om vi försöker se tillbaka på vår hjältes första tio födelsedagar, visar det sig att han av dessa bara minns en, den sjätte eller sjunde, oklart vilken. Han sitter på sängen i vardagsrummet, underligt då sängen inte stod i vardagsrummet, och packar upp en bok *Äventyr med Grodan Boll*. Minnet är mycket suddigt med undantag för en distinkt atmosfär av frånvaro, frånvaro av förväntan och glädje, snarare finns där en känsla av plikt. Varför har minnet av just denna födelsedag blivit bevarat?

Det finns ett annat minne, som i likhet med det förra bärs det upp av en tillsynes malplacerad känsla. Minnet av den dag då han först lärde sig åka skridskor. Denna händelse kan eventuellt ha inträffat efter flytten från staden, kanske vid ett tillfälligt besökt hos farmor. Bilden är mycket fragmentariskt och tvetydig. Det utspelas på skolgården nedanför farmors hus på en liten spolad ruta, där han förefaller vara den enda personen. Han kämpar envist på i sina försök att bli stående på skridskorna och plötsligt fungerade det, han kunde åka utan att falla! Någon bra skridskoåkare blev han dock aldrig. Det som borde dominera detta minne tycker man skulle vara glädjen av att kunna åka skridskor, men det saknas helt, istället är det en känsla av ödslig ensamhet som dominerar.

Men det finns också exempel på minnen som inte tycks bevarade i kraft av någon stark känsla. Ett sådant, även det mycket fragmentariskt, är från den gången de spelade fotboll på gården med porten som mål. Detta var förbjudet med hänsyn till portens glasrutor. Plötsligt dyker gårdskarlen upp! Han kommer springande och tar bollen med sig in i sin bostad. Livrädda vågade ingen gå in till honom för att hämta bollen. Detta minne tycks inte ha efterlämnat några kvarstående känslor, i alla fall inget han kan minnas. Kanske berodde det på att bollen inte var hans och att han inte kände något ansvar för det inträffade.

Nu fanns det naturligtvis även stor glädje i vissa stunder men slutet lämnade bara alltför ofta en uppbragt ångerfull rädd person kvar. Ett väl bevarat minne kan här fungera som exempel. Han och en jämnårig pojke på gården hade fått nys om att BP erbjöd helikopteruppstigningar från piren i inre hamnen. Hur två sexåringar fått reda på detta och i synnerhet hur de fann vägen till hamnpiren förblir en gåta. För dem, som likt de flesta på 50-talet, aldrig sett en helikopter föreföll ett besök väl värt den många kilometer långa vandringen. Sagt och gjort, de gav sig iväg. Väl där fick de alla förväntningar med råge uppfyllda, gång på gång startade och landade helikoptern med nya förväntansfulla passagerare. Och även om de var för unga för en uppstigning fick de båda varsin BP mössa som trofé. Helt omedvetna om tid och rum, fyllda med entusiasm bestämde de sig för att också besöka flygplatsen. Då de inte hade den blekaste aning om hur de skulle ta sig dit frågade de en man om vägen. Han förstod ju genast sammanhanget och uppmanade dem att först gå hem. När de så småningom nådde hem, helt omedvetna om de många timmarnas bortvaro, fann de hela gården i uppror. "Pojkarna är borta!". Farfar som kommit ilande på cykel och högt och ljudligt lovat ett rejält kok stryk när L återfunnits, var den som upptäckte honom först, med utropet "där kommer han ju!". Den allmänna glädjen raderade alla tankar på bestraffning men efterföljande tillrättavisning ersatte snabbt glädjen med eftertankens kranka blekhet och spädde ytterligare på allvaret i eftertänksamhetens predikan.

Ett av de minnen som har en mer renodlat positivt prägel är "Kastanjen". Det fanns ett i hans ögon jättestort kastanjeträd nära farmors bostad, dit han och farmor brukade gå på hösten när kastanjerna föll. Det är minnet av att gå omkring i ett hav av kastanjer som helt dominerar. Glädjen i att trampa sönder kastanjeskalet och samla in kastanjerna, vilka senare, tillsammans med tändstickor, blev till gubbar och djur. Gubbarna var besvärliga då de inte kunde stå, djuren med sina fyra ben var roligare. Ett annat minne, dock mycket dimmigt, är när de på gården byggde en lådbil. De måste ha fått hjälp av någon vuxen men det enda han nu kan minnas är att far ordnade en trälåda åt dem.

Ett annat positivt minne har han av de tillfällen då han satt på golvet framför familjens radiogrammofon, en golvmöbel vars nederdel upptogs av ett rutgaller klätt med tyg bakom vilket högtalaren dolde sig. Helt nära denna högtalare kunde han tillbringa tid lyssnande på barnprogram vilket då var detsamma som sagoberättande. Av oförklarlig anledning minns han alldeles speciellt när Gösta Knutsson läste ur sin egen Pelle Svanslös. Han vet också att han hade minst två barnskivor, men saknar minne av att han lyssnat på dem eller vad de innehöll.

Varför har då just dessa minnen blivit bevarade? Tydligt är att det man skulle vilja minnas, tillfredsställelse, längtan, glädje, uppfylld önskan och förväntan, inte alltid är den jordmån där minnen slår rot.

*

Mycket av tiden under dessa år innan skolan började tillbringades på den asfalterade gården. Om man ville besöka en lekplats så var alternativen allmänningen diagonalt över gatan där dock lekplatsen begränsade sig till en sandlåda och en klätterställning av stålrör. Något mer inbjudande var lekplatsen på torget två kvarter bort. Där fanns både traditionella gungor och flera karuseller varav en mindre vanlig manuellt driven swingkarusell.

Det bör påpekas att hans uppväxtmiljö inte representerar något exceptionellt, det är nog mer han som avviker än miljön. Hans barndomstid uppvisade den normala mångfalden i händelser, onda och goda, tråkiga och glada, varav endast en liten del finns bevarade. Som när Doris Day blev en sådan schlagerplåga att alla de äldre flickorna i kvarteret gick och nynnade på "Que sera, sera", eller när pojkarna varje vår spelade kula nere på allmänningen, oftast grop men ibland pyramid. Det var vid ett av dessa tillfällen som ryktet spreds att man kunde köpa popcorn i kiosken. Då ingen visste vad popcorn var för något måste alla prova denna nyhet som såldes i, för tiden, stora cellofanpåsar. Dessa och många andra minnen finns där som bilder utan association, som vrakspillror guppande runt i glömskans svarta ocean.

Det finns emellertid också högst alldagliga händelser eller platser som kommit att bli ihågkomna endast i kraft av att de påminner om något annat, minnen som ger de mest underliga associationer. Ett sådant minne är förknippat med de regelbundet förekommande besöken hos bondgårdens grisar. När mor och L skulle hälsa på mormor, som bodde utanför staden, brukade de under sommaren cykla dit, det mesta av färden gick på små grusvägar kantade av pileträd. Under de första åren satt han bakom mor i en barnsits av en modell som för länge sedan försvunnit. På julafton när han fyllt fem år fick han sin första cykel, en röd tvåhjulig 15-tummare. Därefter pinnade han på bakom mor när de skulle besöka mormor.

Ibland, när mor tyckte att de hade tid över, stannade de då till vid grisarna som fanns på en gård de passerade på vägen. Det var en stor gård, en herrgård hette det, den bestod av flera stora vitputsade hus

26

symmetriskt placerade kring en cirkelrund damm kantad av höga träd. Det stillastående vattnet i dammen var alltid täckt av grönalger som bildade en tjock trögflytande kromgrön hinna som fyllde luften med en svagt unken doft. L har än idag en mycket tydlig bild av denna kromgröna hinna och dess doft. Orsaken till det är att den — Efter skolstarten något år senare. — alltid kom att väcka associationer till skolans matbespisning, närmare bestämt den fadda unkna lukt denna lokal bestod en med varje gång man kom in för att äta dagens skollunch. Detta kom att för L bli ett livslångt doftminne, symptomatiskt raka motsatsen till Prousts positiva bild av sin världsberömda madeleinekaka doppad i lindblomste. Den egentliga anledningen till uppehållet på cykelturen var hans stora längtan att få betrakta grisarna. Dessa bebodde en låg länga på gårdens baksida försedd med tillhörande inhägnad gyttjepöl, det var vid staketet till denna pöl han kunde tillbringa långa stunder sittande på huk fascinerad av dessa smutsiga, feta och grymtande djur. Att det var deras artfränder han varje måndagsförmiddag såg, delade i halvor, bäras in till den lokale slaktaren, förstod han aldrig.

*

Daghemmets karga och kyliga klippor lyckades vår hjälte således undslippa, men skolans labyrint blev han tvungen att ta sig genom. Redan impregnerad med en mycket bra grogrund för självföraktets evan-

gelium — Var duktig, visa inte svaghet, gör aldrig fel!
— sändes ättelägget iväg från hemmet. Nu skulle
dressyren institutionaliseras. Alla jämnåriga i kvarte-
ret skulle börja skolan samtidigt. Om det var med-
vetet eller inte vet han inte men alla barn han redan
kände hamnade i andra klasser.

Skolans terräng var fylld av anvisningar och vägvi-
sare, det gällde bara att följa den snitslade banan, ja,
att följa den snitslade banan var i själva verket ob-
ligatoriskt. Tretton pojkar och nio flickor föstes nu
ihop och blev till klass 1e ledd av fröken Elin, en
småvuxen kvinna i grå dräkt, som spelat tramporgel,
sjungit psalmer och tragglat ABC med nybörjare sedan
hon lämnat seminariet under mellankrigstiden. Med
lång erfarenhet och en naturlig mildhet gav hon bar-
nen en bra skolstart.

Skolrutinen avspeglade på många sätt fortfarande
den som skapats vid folkskolans införande drygt
hundra år tidigare. Varje skoldag inleddes med upp-
ställning på led och därefter inmarsch i klassrummet.
Där vidtog morgonbön, följd av psalmsjungande ac-
kompanjerat av fröken på salens tramporgel. Dagens
psalm hade man haft i hemläxa. — Intragglad med
mors hjälp. — Psalmläxan var alltid extra svår då
språkbruket i psalmboken var, till stora delar, obe-
gripligt för sjuåringar. Allt detta beskriver en skol-
rutin mycket mer lik den skolan hade på 1840-talet,
jämfört med skolan tjugo år senare på 1970-talet. Då

var såväl kristendomsundervisningen som pedagogiken från femtiotalet avskaffad.

L insåg snart att i skolan gällde det bara att göra som de andra, inte avvika, redan då började han understundom bedriva skolarbetet i något av en somnambul tillvaro. Det var endast de sällsynta tillfällen då rutinen bröts som lämnade kvarstående intryck. Som den morgonen då de istället för fröken mottogs av en stor — Inte tjock bara stor, eller kanske lång, för L var hon stor. — gammal och rynkig tant som förklarade att hon skulle vikariera den dagen. Ingen av barnen visste vad vikariera betydde men de förstod att hon skulle vara istället för fröken. På teckningstimmen fick de uppgiften att rita en krokodil. L grep sig genast an uppgiften och var redan klar när jättetanten sade: "När ni är klara kan ni komma fram och visa", han gick fram och visade. "Du har färglagt den?" "Ja, grön." "Ni fick inte i uppgift att färglägga, du måste lära dig att höra upp bättre". Fienden rev sönder teckningen och slängde den i papperskorgen. "Det får du göra om". Tur i alla fall att hon bara var vikarie för en dag. Nästa minne från första klass härrör från exa mensdagen när han vandrar hemåt bärande på en jättestor krukväxt, minnet svävar i en omgivande tomhet: förklaringen torde vara att de tagit med sig växter hemifrån och att hans visat ovanligt god växtkraft.

Matbespisningen blev dock aldrig rutin för L även om den besöktes varje dag. Lokalen bestod av en lätt futuristisk envåningsbyggnad med halvcirkelformat tak och glasgavlar. Redan i kön vid ingången möttes man av den obeskrivligt fadda doften som tycktes oberoende av den mat som serverades för dagen. Att i denna atmosfär tvinga ner maten som serverades, en mat som L oftast upplevde som äcklig, ja, ibland rent av oätlig. Blodkorv, blomkålsstuvning, makaronipudding och dylikt, att få i sig dessa anrättningar upplevdes ibland övermäktigt. Vid dessa tillfällen blev han tvungen att ta chansen mot de ondskefulla övervakarna i sina vita rockar och hättor och försöka undkomma den obligatoriska regeln att man måste äta upp allt på tallriken innan man fick lämna bespisningen. Allt detta tillsammans förvandlade matbespisningen till rena skräckkabinettet för L. Även om han ibland kunde lyckas att snabbt och omärkligt rensa det mest oätliga på tallriken i avfallsbehållaren, så fanns det tillfällen då mer extrema knep behövdes. Ett sådant tillfälle blev för alltid bevarat i både hans och mors minne.

Redan efter första skeden insåg han att det i den redan obehagliga ärtsoppan dolde sig mängder av fullständigt avskyvärda fettklumpar. Att svälja dessa slemmiga saker stod bortom hans förmåga, samtidigt kunde han inte gärna sitta och spotta ut äckligheterna där mitt framför ögonen på omgivningen. Sakta och metodiskt, sked för sked, flyttade han in det oätliga i kindpåsarna innan han svalde soppan. När tall-

riken var tillräckligt tömd för att bli godkänd vid ut-
gången blev han sittande under en, som det då kän-
des, mycket lång stund. Han var övertygad om att alla
kunde se hans överfulla kindpåsar, oroligt såg han sig
omkring, speciellt spejade han mot vakten vid ut-
gången. Till slut bestämde han sig för ett utbryt-
ningsförsök. Med bröstet fyllt av oro och kindpåsarna
fyllda av obehag reste han sig och gick mot utgången
och vakten. Allt gick bra, tallrik, bestick, vit plastmugg
och bricka av Perstorp, allt avlämnades, utgången
passerades och han var fri... Men inte riktigt ännu.
Skräckslagen inför tanken på upptäckt vågade han nu
inte spotta ut slemklumparna utanför där alla kunde
se honom. Tappert kämpande mot äcklet började han
istället, likt en hamster i öppen terräng, springa mot
boet, hemmet och tryggheten, där han inför en häpen
mor kunde befria sig över vasken.

Då skolarbetet snabbt förvandlades till rutin, för-
flöt andra klass tämligen spårlöst. I skolan var man
förvandlad till grupp och vad kan en grupp minnas?
Under andra terminen berättade mor och far att de
skulle flytta till en ny stad. Uppbrottet från kamrater,
omgivning och skola lämnade inga minnen.

TVÅ

O m nu redovisningen av vår hjältes första år förefaller detaljerad, har detta sin grund i antagandet att det är där, i inledningen av livet, som framtida vägval får sin förklaring. Det är där färdriktningen stakas ut.

Efter flytten till en ny mindre stad blev naturligtvis allt annorlunda. Till en början krävde förändringen anpassning till tidigare obekanta företeelser. Navigationsproblemen i det inre landskapet fann nu sin tvilling i det yttre. Från lindans till trapetskonst, från självklart till relativt. "Så kan det också vara", "så gör vi", "så konstigt du pratar". Skillnaden mellan jag, vi och dom växte och blev tydligare. Men allt detta visade sig bara vara en kort övergångsupplevelse. Den inledande oron för allt det obekanta försvann snart, — När man är åtta år är minnet kort. — han upplevde sig nu trivas bra på denna nya plats.

Hittills hade klanen varit väl samlad kring matriarken som familjens nav, boende på andra sidan stora gatan. Nu när de lämnat födelsestaden skulle far, mor och L stå på egna ben. Som familjeöverhuvud dög han aldrig, far. I klanens frånvaro ökade nu trycket på honom och då han samtidigt fick fullt upp med att hålla sig flytande i sin nya arbetssituation, orkade han inte hålla kvar. Far tappade greppet och då mor var oförmögen att fylla tomrummet, kunde den dittillsvarande auktoriteten inte längre upprätthållas. En auktoritet som i och för sig aldrig varit annat än illusorisk, men i brist på jämförelse var detta något som L tagit på allvar. Nu försvann det stödet, stödet från en illusion, och med det följde friheten att utveckla sin personlighet utan klara förebilder. En frihet som dominerades helt av en, då fortfarande omedveten, försakelse. Den fulla betydelsen av det han han nu gick miste om fick han inte erfara förrän långt senare. Men redan då blev bristen på uppbackning från far kännbar vid de fåtaliga gånger L sökte hans stöd. Som när han blev förföljd av grannen som beskyllde honom för att behandla hans son illa. Resultatet blev ett lamt försvar från far inför grannen men en senare åthutning för att L orsakat far obehag.

Nu tycktes utsikten ljusna för vår hjälte, upplyst av den nya upplevda friheten. Men helt bortsett från familjesituationen var det redan från början något på den nya platsen han upplevde som tryggt. Här kändes terrängen mer öppen, tydlig och ganska snart lättnavigerad, här förföll allt närmre, lägre, lokalt, mer organiskt och inbjudande. Här upplevde han en naturlig mer självklar kontakt med den omgivande grönskan, med barnen på den öppna ljusa gården. Ja, till och med gatorna han gick på kändes annorlunda, glest trafikerade och därmed trygga. Efter den inledande, ibland omvälvande, men mycket korta perioden, upplevde han snart levnadsklimatet som mildare. Diset i nyanser av grått han tidigare kunnat känna var nu borta, inte så att det alltid tidigare funnits där, mer att de nu försvunnit och ersatts av gladare färger.

Men visst fanns den sociala osäkerheten kvar, om inte annars då han inför öppen ridå tappade ansiktet. Som den dagen då mor skickade iväg honom till köttaffären, ett kvarter bort, för att köpa något. Inför köttdiskens spännande innehåll och kön av handlande husmödrar hade han snart glömt bort vad han skulle köpa. När expediten vände sig till honom och frågade "och vad skulle du ha idag?" fick han till stor skam tyst svara "jag har glömt vad jag skulle köpa." Detta väckte allmän munterhet i butiken och han fick det vänliga rådet att återvända till mor och fråga. Att på detta sätt tvingas visa upp misstag inför öppen ridå upplevde han som mycket obehagligt. Än värre kändes det den gången då han utan att kunna hindra det fes inne på konditoriet. Men i den ålder han var, så tenderade som tur var alla obehagliga situationer av detta slag vara som bortglömda dagen efter.

*

När nu hemmet bytts från storstadens mellankrigsö-ken till ett ljusare mer inbjudande och grönare 50-tals kvarter, blev det helt annorlunda med början i den nya skolan. Här gick det från nybyggd 50-tals skola till sekelskiftesbyggnad, från ljust till mörkt, från dialog till disciplin. Här satt man i golvfasta bänkrader av trä, inte i de moderna stålrörsbänkar han var van vid och när man fick frågan av fröken skulle man resa sig och kliva ut i gången mellan bänkraderna innan man fick svara.

Här regerade en fröken som lämnade efter sig en aura av disciplin, han tror sig aldrig ha sett henne le än mindre skratta under den korta tid han hade henne som lärare. Alla tycktes rädda för henne. Som den gång då de spelade brännboll på gården och en av flickorna totalt misslyckades så att slagträet flög iväg och träffade frökens hatt! Alla stelnade i fasa, mest flickan som redan lidit ett svårt nederlag. Men den gången höll fröken masken, hon plockade upp sin hatt och beordrade fortsatt spel.

Salen de satt i var alltid mörk endast upplyst av några få gulnade glasklot högt där uppe under taket. Över katedern hängde det ner en grön trattformad lampa som spred ett varmt sken över fröken och kate-der och fick de båda att glöda där framme. L som tänkte på sitt 50-tals klassrum, med lysrör och per-

35

spektivfönster, såg på allt detta med förundran, han bestämde sig för att hantera denna smått tumultuariska förändring genom att hålla sig till vad han fått inpräntat. "Om du alltid bara gör som du blir tillsagd och alltid talar sanning kommer allt att gå bra".

I avsaknad av korrigeringar eller nya impulser utifrån kom således den mall som utvecklingen under de inledande skolåren format i allt väsentligt fortgå i den nya skolsituationen. Färden blev trots allt gropig, hela tiden dessa hinder som inte bara tycktes omöjliga att upptäcka i förväg, men som också fick honom att alltmer tvivla på de moraliska attribut han dittills fått sig till livs.

En stor lättnad blev skolbespisningen som här var behovsprövad och därmed befriade L. Han kunde istället gå den korta vägen hem till mor och äta sin lunch. De stackare som måste äta i bespisningen var dubbelt drabbade — L utgick ifrån att maten i skolan inte var bättre här än den där han kom ifrån. — då de måste ha en pastbricka om halsen för att komma in i bespisningen. Inte så att det förekom trakasserier men alla förstod och bleka Inger i klassen visste att alla andra förstod. Varje gång han senare i livet tänkt på detta förefaller det alltid lika obegripligt hur en vuxen människa kan komma på något sådant som matbricka runt halsen!

Medan livet i denna gamla skolbyggnad tycktes ha stått stilla i allt, exteriört såväl som interiört, inkluderande läraren och hennes undervisningsmetoder, blev den förändring i skolmiljön som skedde det kommande året överraskande då den ägde rum bara femtio meter bort på andra sidan skolgården. Efter en knapp termin i tvåan började han året därpå i tredje klass vilket innebar byte till en modern byggnad på skolområdet. Där var allt mer så som L upplevt sin första skola. Livet i skolan kom därmed att radikalt förändras till det bättre. Klassen fick också en ny snäll och glad fröken som snabbt blev populär bland barnen. Till juluppehållet kom L stolt hem från avslutningen och meddelade mor att han fått premie! "Så roligt", mor öppnade boken och läste högt: "För god skolgång hösten 1957", det var *Prinsen och tiggaren* av Mark Twain.

En dag kom det en äldre herre till klassen. Han skulle vikariera för fröken den dagen. Denne lärare talade till barnen på ett helt annat sätt än de var vana vid, de upplevde att han pratade med dem snarare än lärde dem något. Han tog hela klassen med ut på en stadsvandring. När de passerade fängelset, där fångarna innanför det höga staketet var sysselsatta med trädgårdsarbete, stannade han och pratade med en av dem. Det var någon han uppenbarligen kände, han kände en fånge! Klassen stod på respektfullt avstånd stumma av förundran, men redan samma dag efter skolan saknade man honom. Honom hade man tyckt om nästan innan man själv visste om det.

Fyran blev första terminen i mellanstadiet. Nu fick de en ny yngre fröken som han aldrig hann lära känna. Det tillkom också nya klasskamrater. Den ene, Lennart, var en tuffing som L genast ville imponera på. Resultatet blev att han gick från stipendierad mönsterelev i trean till busfrö i fyran. Detta var han pinsamt medveten om, men likväl... Ett av de få minnen han har av den korta tid han tillbringade i denna klass är ett minne från slöjden.— Slöjden var något nytt i och med uppflyttningen till mellanstadiet. — Då det inte fanns någon slöjdsal på skolan var denna aktivitet förlagd till en annan skola. Att de fick vandra dit och där hålla till i en låg byggnad, kommer han ihåg. Annars är det bara episoden med brynstenen som fastnat.

När han ivrigt försökte hyvla av en bräda kom läraren fram och sade att hans hyvelstål behövde vässas. Läraren skulle vässa det mot brynstenen och gav L order att veva runt brynstenen. Vad som sades har han ingen aning om, bara att han i stundens hetta kallade läraren du. Han tänkte inte ens på det förrän läraren tillrättavisade honom, varvid han direkt reagerade med en blandning av skam och rädsla. Hur stark denna känsla måste ha varit visar sig i det livslånga minnet den efterlämnat.

Detta är nog också ett av de första exemplen på det märkliga beteende han skulle komma att visa upp i moraliska frågor. Redan här började hans moraliska gränser göra sig gällande. Hans rektioner när dessa gränser passerades blev under åren allt intensivare. Det var när hans handlande i stundens hetta fick honom att gå för långt som dessa våldsamma känslostormar blev följden. Det finns flera händelser han förbjudit sig att tänka på då följderna, även många årtionden senare, blir alltför svåruthärdliga. Dessa känslostormar måste förträngas eller snarare undvikas. Denna moraliska skörhet är något som han skyller på den inre utvecklingen under förskoleåldern. De här starka reaktionerna är alltid riktade inåt mot honom själv. Förhållandet gentemot den kulturella moraluppfattningen är en helt annan. Här kan han tveklöst handla i eget intresse utan inre konsekvenser. I så måtto är hans moral mycket speciell. Medan han inför sina egna oskrivna regler är överkänslig, är han inför omgivningen många gånger närmast amoralisk.

*

Detta var matinéernas tid. "Mannen utan fruktan" med sin odefinierade ondska ledde till några oroliga nätter. Vildavästern-filmerna med sina hjältar i vit cowboyhatt var mer lättsmälta. Antingen övervanns alla skurkarna, igenkända på sina svarta hattar, eller också besegrades alla dessa grymma indianer. I dessa filmer var skillnaden mellan hjälte och skurk, mellan rätt och fel så uppenbar att alla i salongen identifierade sig med samma person. Men det var matinéföreteelsen som sådan mer än någon enskild film som kom att bevaras i minnet. Dessa matinélokaler som innan filmen började var ett tumult av rop och rörelse ackompanjerat av ljudet från godispapper och biljett-visslande, allt insvept i en lätt syrlig doft av svett. Så var det ju biografvaktmästaren, med sin auktoritet uppkommen ur en brun livré. Från insläpp till re-klamfilmens början hade han sin stund, då var det han och ingen annan som höll i taktpinnen. L :s starka minne av dessa uniformerade figurer kommer sig av ett intermezzo då han blev utkastad innan filmen börjat.

Att han talade sanning när han förklarade att han hade köpt biljett och fått den riven av samma person som nu anklagade honom för att försöka planka hjälpte föga. Det var när han letade efter sittplats på den översta raden som vaktmästaren återigen ville se hans biljett. Han blev då nödd att erkänna att han i trängseln och mörkret tappat bort sin halva av bil-jetten, en förklaring som inte imponerade på vakt-mästaren. Han blev utslängd. Om vuxna inte tror på en, vad är det då för mening med att tala sanning? Vad begär de? L förstod ibland inte vad dessa vuxna förväntade sig, hur han skulle bete sig för att passa in.

Utan auktoritet eller användbart rättesnöre blev det erfarenheten som fick leda undervisningen ut-anför skolan. Erfarenheten, kanske den bästa av lära-re men också den hårdaste med sin obarmhärtiga kausalitet, den kunde ibland bli rent livshotande men oftast var den bara hänsynslös. Det var kanske så att han under denna period befann sig i ett utsatt läge där förmågan till eftertanke inte hann med den ökande frihet och dess ansvar som utvecklingen innebar.

Vid ett tillfälle då de sprang runt de rosenbuskar som växte mellan lekplatsen och gatan förlorade han fotfästet och föll huvudstupa in bland buskarna. Minnet han har av detta inskränker sig till mors omsorgsfulla avlägsnande av de rosentaggar som fastnat i hans ena ögonlock. Tydligen hade en blinkning räddat ögat. Han har fortfarande kvar ett synligt ärr från händelsen. Vid ett annat tillfälle var det ytterst nära att han blev överkörd och, som han då kände det, dödad av en bil. Utan att se sig om girade han i full fart rätt ut i gatan på sin orangea Crescent. Efteråt hade han svårt att sluta att tänka på det men berättade aldrig något där hemma.

Men när han behövde en ny fotboll blev han så illa tvungen att berätta att han sprängt sin första läderboll, det var bara trasor kvar av den. Vid den tiden var fotbollar försedda med snörning avsedd att öppna bollen för att komma åt den inre gummiblåsan och dess pip och fylla bollen med luft. Det var nog första gången han själv skulle pumpa upp bollen och första gången han använde tryckluft. Resultatet blev att han underskattade kraften i cykelhandlarens tryckluftsslang. Efter vad han upplevde som en kort stund small det som en bomb, det var så att det ringde i öronen efteråt. Cykelhandlaren hade skrattat åt honom.

Men det finns också renodlat positiva minnen från denna period. Ett sådant var äventyren kring den å som rann genom staden och omgärdades av vildvuxna våtmarker, en miljö som blev något helt nytt för L, väsensskild från den asfalterade omgivning som dittills varit hans värld. I området kring dessa våtmarker kunde pojkarna uppleva äventyr av ett helt annat slag jämfört med den lokala lekplatsen. Och det är just äventyrskänslan som blivit bevarad, några enskildheter från denna plats minns han inte. Ett annat minnesvärt äventyr blev den gång cirkusen kom till staden. Cirkusen förflyttade sig via järnväg och när den anlände rangerades alla cirkusvagnarna in på ett stickspår helt nära L:s bostad och han kunde cykla dit och beskåda avlastningen och den därefter följande Cirkusvandringen genom staden fram till platsen där tältet skulle resas. Det han särskilt kommer ihåg är elefanterna som marscherade i rad och höll fast i framförvarande elefants svans med sin snabel. Något cirkusbesök kan han inte minnas att familjen gjorde.

Många av minnena från den tiden har bleknat bort, endast något fragment kan då och då dyka upp, som den kärra de byggde på gården. I likhet med det

förra lådbilsbygget är minnet mycket blekt och frag-
mentariskt. Det enda han minns av detta är ett besök
på en av kamraternas fars arbetsplats, en bilverkstad,
där de fick låna en bågfil, till vad minns han inte. Det
kanske mest påträngande minnet från den korta
period de bodde i staden blev den simskola som föräld-
rarna anmälde honom till. Framförallt då den blev
början på ett helvete som skulle komma att pågå
under flera år, — Försöken att lära sig simma. — men
också då det var där han träffade Leif.

Redan första dagen på simskolan lade han märke
till Leif. Det var något konstig med honom, liten och
mager, men framförallt blek, likblek. Bleka Inger, hon
med matbrickan, denna taniga glåmigt bleka flicka
framstod som en äppelkindad solstråle i jämförelse
med Leif. Nu har han bara bilden från den första da-
gens övningar på simskolan kvar i huvudet. Denna
första dag som för honom gärna fått vara den sista. L
avskydde det iskalla vattnet. Att det var inomhus i en
tempererad bassäng saknade betydelse när han,
iklädd simdyna av kork, huttrande försökte plaska
framåt med ena handen på bassängkanten.

Någon månad senare var familjen på väg hem från
besök hos farmor och farfar. De färdades nu i famil-
jens första bil, inköpt för ändamålet att kunna besöka
släkten. Det var en begagnad svart Volvo från tidigt
50-tal. När de stannade för rött ljus han fick syn på
Leif, på löpsedeln utanför tobaksaffären. "Det är ju

Leif!" utropade han förvånat, det var en stor svartvit bild på Leif och två vuxna. Far reagerade på hans utrop, "Leif vilken Leif, var?" "Där på bilden utanför tobaksaffären!" "Känner du honom?" "Ja, han går på simskolan." "Så hemskt, han har dödat hela familjen." "Vem?" "Pappan..., sig själv också står det". De var döda! Absorberad av bilden på någon han kände var det först nu när han hörde fars ord som han uppmärksammade rubriken i stora feta bokstäver "Tre Döda i Familjedrama".

När L närmade sig tio började kroppen göra sig alltmer påmind, en mångtydig och förvirrande upplevelse, då den slog följe med en gryende spänning inför den lust som skulle komma. Lust att göra det där med tjejer, det förbjudna. Det förbjudnas innehåll hade avslöjats några år tidigare av någon äldre tillfällig kamrat, under en sommarvistelse i en gammal fiskarstuga på Skånes sydkust. I skolan beskyllde Lennart honom för att vara kär i Gunnel, han protesterade men tyckte i hemlighet att det verkade spännande. När två jämnåriga pojkar berättade att de läst eller hört om att killar kunde göra det med varann och att de försökt på varann men utan att riktigt förstå hur det skulle gå till, upplevde han detta bara som konstigt. För honom var förändringen kantad av oro och spänning mer än äventyr.

Ett tidigt tecken på den ungdomskultur som var på väg, och så småningom skulle få en, i många delar, dominerade roll i kulturen, var rockringarna. Detta var en av de första modeflugor som hemsökte samhället. Värst drabbades flickorna för vilka det blev ett måste att kunna hantera denna grej. Krafterna bakom detta fenomen visade sig en dag då lekplatsen fick besök av en man i kostym. Med honom följde en flicka som på mannens uppmaning demonstrerade en rad cirkusliknande trick med sin rockring. Uppvisningen var kort varefter de gav sig iväg i sin bil till, får man förmoda, nästa lekplats.

En dag när han var på väg till Solidar för att köpa mjölk till mor korsade han lekplatsen. Där höll flickorna på, ivrigt svängande på midjan för att hålla rockringen igång och uppe. Några var experter. Som riktiga magdansöser lät de höfterna rotera, de korpulenta var chanslösa. När han lämnade lekplatsen bakom sig och stannade upp vid övergångsstället blev han åter påmind av testiklarnas tyngd mellan benen och greps plötsligt av den förfärliga tanken att de kunde trilla av, "Tänk om det är något fel på mig?"

Under vintern blev det dags att börja spela ishockey. Nu fick han egna riktiga skridskor och en hockeyklubba. Spelet försiggick, så vitt han kan minnas, alltid på ett tillfruset område nära ån. Han fick oftast stå i mål, kanske på grund av sin dåliga skridskoåkning.

Vid denna tid började han också samla på tändsticksbilar, — Så döpta på grund av storleken och askens utformning. — och bygga med Lego. Båda var nyheter för tiden. De blev båda bara till kortvariga intressen som försvann redan vid nästa flytt. Det finns inte många konkreta minnen av dessa intressen. Hans första Legobyggsats var ett bilgarage. Under ett besök hos farmor gick de tillsammans och köpte den. Garaget hade en finess som han fortfarande minns mycket tydligt, när en av tändstickbilarna kördes upp på rampen fälldes garageporten upp av sig själv. Likaså har han ett minne, om än dimmigt, av den lilla diversehandeln uppe på krönet snett mitt emot familjens bostad, där han med egna pengar stod och valde bland bilarna uppe på hyllan.

Det var i tredje klass han ofta blev bjuden på födelsedagskalas hos klasskamraterna. Även detta var något som begränsades till den korta tiden han bodde i denna stad. Något minne av sådana kalas från någon annan period har han inte. Kan det verkligen stämma att detta var något förbehållet tredjeklassare? Det var på födelsedagskalasen han först kom att uppleva hur andra hade det hemma.

Han hade en klasskamrat, som de andra tyckte var lillgammal, vars båda föräldrar var professorer vilket i L:s öron lät mycket förnämt. När han blev bjuden till födelsedagen i klasskamratens patriciervåning var detta något så helt olikt hans eget hem att han inte gjorde någon direkt jämförelse, detta var något annat, inte vad L menade med hemma. Våningen var så

stor att man kunde gå vilse och där fanns ring-
knappar i varje rum. Om man tryckte på dem kom nå-
gon och frågade vad man ville, berättade Henrik,
födelsedagsbarnet, men bara de som bodde där fick
ringa. En trappa upp fanns det ett pingisbord där L för
första gången provade på att spela pingis. Till allas
häpnad visade Henriks morfar under dagen prov på
att han kunde trolla på riktigt!

Hos andra kamrater var väl inte de yttre om-
ständigheterna så annorlunda från hemma men besö-
ken efterlämnade ofta en känsla av vad han uppfattade
som sträng disciplin. Detta var något som inte fanns
hemma hos honom, men ännu var han inte gammal
nog att reflektera, saker och ting togs fortfarande för
givet. Något minne av ett eget födelsedagskalas har
han inte.

Perioden i den lilla staden blev i mycket en period
mellan barndomens sökande och förpubertetens upp-
vaknande. Under denna utvecklingsfas skulle nog den
uppmärksamme kunnat ana en brist på inre stadga,
men den uppmärksamme lös med sin frånvaro. Själv
var han ännu för ung att fundera över dessa förhål-
landen. Utvecklingen kunde således ostört ha sin
gång. Personligheten kom alltmer att präglas av en
inställsamhet vars syfte var att bli accepterad. Ett
tydligt exempel på detta är hans ändrade beteende
från tredje till fjärde klass i skolan.

Tillvaron i denna stad, där han kommit att trivas,

47

blev kort, knappt två år, närmast bara som ett längre uppehåll. Anledningen var som vanligt fars tillkortakommande. För samtidigt som terrängen, i L:s ögon, hade ljusnat, hade snårskogen tätnat för far. Far kunde inte hantera den situation han försatt sig i genom flytten hit. Det blev till att bryta upp på nytt, i likhet med förra gången mitt under skolterminen.

När L meddelade den nya fröken att han skulle flytta blev han utfrågad, ja, rentav förhörd, det var som om hans skulle ha hittat på alltihop bara för att slippa skolan! Fröken Hedvig, den nya fröken, kände ju honom knappt efter denna korta tid i fjärde klass. Att hon redan hunnit kategorisera honom som busfrö insåg han inte. Varför denna nästan fientliga misstänksamhet från fröken? Återigen denna obegripliga vuxenvärld.

Om nu berättelsen fortfarande förefaller ensidig och därmed i viss mån osann måste man kanske fundera över vilka minnen som blir centrala för en människa vars fantasi har en så stor betydelse för hans handlande. L:s fantasi kännetecknas av att allt han uppfattar utvidgas i hans fantasi. Detta gäller både sakförhållanden och personer som är inblandade. Då det inte är fråga om en avvikande verklighetsuppfattning så är han alltid överens med omgivningen om bilden av vad som skett. Det är först i hans bedömning och handlande som fantasin får utrymme och kan märkas. Hans agerande är givetvis alltid ett resultat av verkligheten och blir en produkt av denna verklighet, men då vanligtvis utvidgad av allt det som finns att hämta bakom den slöja av fantasibilder han alltid har till hands. Det är utifrån detta hans beslut och handlande skall förstås.

Vad var det som kom att bli bestående i vår hjältes liv? Det borde rimligtvis vara de händelser där en eller annan sträng slagits an på känslornas klaviatur. Huruvida livet kommer att avtecknas i ljusa och glada eller mörka och skrämmande toner beror ju på, och blir ett resultat av, innehållet i det ihågkomna. Här försöker berättaren bara att så sanningsenligt som möjligt redovisa det ihågkomna utan att ta i beaktande berättelsens förmenta slagsida.

TRE

Det började dåligt för L på den nya platsen. Ingenting han då tänkte på, som tioåring är man bra på att klättra över hinder och springa i uppförsbacke och så blev det. Kvicktänkt och oreflekterat anpassade han sig, men för någon med överblick borde bilden av ofruktsamhet vara tydlig. — Ja, redan efter ett halvår i den nya staden hade nog någon mer sensibel misstänkt en sociopatologisk grogrund. Men var fanns överblicken? Inte hos skolbyråkraten med reglerad befordringsgång. Eller sensibiliteten? Inte hos föräldrarna, den ena oförmögen, den andra omogen. — Där det skulle finnas livsvisdom fanns bara konventioner.

Bristen på vägvisare, någon som levererade förebilder och fungerade som rättesnöre, skapade en vilsenhet som L med sitt rörliga intellekt snabbt lärde sig dölja. Men för den som förstått att titta lite djupare skulle bilden av ett mycket vilset barn, förgäves letande efter vem han var, bli tydlig. Det som hittills frambringats i hans utveckling var endast en suddig ofta oanvändbar självbild, med ett planlöst irrande mellan efemära förebilder som resultat. Den självsäkerhet kamraterna uppvisade kopierades av L, till det yttre, ofta med gott resultat. I detta var han hjälpt av sin övertygelse att det var ett tillskapat beteende även hos dem, hans föreställningsvärld inrymde inte möjligheten att det kunde vara något idiosynkratiskt hos honom.

Om nu läsaren tycker sig förlora L ur sikte, skymd av alla dessa psykologiska betraktelser så låt oss, om inte reparera den förmenta skadan, så i alla fall inte ställa oss i vägen för honom. Låt honom, med ålderns rätt, få sin mening hörd i den fortsatta berättelsen, indirekt få föra sin egen talan i den fortsatta beskrivningen av hans liv, en redogörelse som fortsätter att vara en beskrivning av det han kan minnas, i tron att det är via dessa minnen vi kan upptäcka vägen som leder till den avancerade förställning som blev resultatet. I bästa fall skänker den också ett förklaringens ljus över det liv han kom att leva.

Om det finns något gemensamt för alla de minnen som här återges är det nog att han i efterhand upprepade gånger tänkt tillbaka på händelserna. Däri ligger skillnaden mot allt det som här inte nämnts. Inte så att allt det som är förbigånget också är bortglömt, men det finns inte så mycket att återge av dessa händelser. Detta gäller även de tillfällen då något utlöst känsloreaktioner, kanske i stunden mycket häftiga, som sedan snabbt förbleknat. Detta kan hjälpa till att begripa det kanske svårförståeliga urvalet. Förmodligen skulle man kunna säga att det inte så mycket är ett urval men mer en redovisning av det han kommer ihåg och ser som betydelsefullt.

*

Så vad göra med denna udda elev inflyttad långt söderifrån mitt under terminen? Skolbyråkraten hade plötsligt stött på något utöver det vanliga, med andra ord ett problem. För att bli av med problemet gällde det nu bara att finna den enklaste och snabbaste lösningen. Var kunde de få in denne tio-åring mitt i terminen? Ja, där det fanns plats. Men var fanns det plats? Ja, inte där han bodde. Han blev placerad i ett angränsande skoldistrikt och där förblev han under resten av sin skolgång, det vill säga under de fem år han bodde i staden. Resultatet av detta blev på många sätt förödande, då han kom att växa upp med grannbarn som han aldrig träffade i skolan och med skolkamrater han aldrig träffade utanför skolan. I själva verket kom denna skolplacering att fungera som en välgödslad jordmån där hans utanförskap kunde gro och efter hand växa till sig för att till slut bli en livslång följeslagare.

Första skoldagen följde mor med för att överlämna honom till läraren. Magister Wankel var en man i övre medelåldern klädd i en luggsliten, illasittande, gråspräcklig kostym, en sjaskig vit skjorta, illa knuten slips och ett par spruckna bruna skor med hål i sulorna. Detta var Wankel som han såg ut när han hälsade L välkommen och det var Wankel som han såg ut varje dag under de två åren L hade honom som lärare.

Wankel hade av okänd anledning totalt tappat kontrollen över klassen, lektionerna präglades av oro, upptåg och Wankels raseriutbrott. Ilskan lät han gå ut över pekpinnen som han slog mot katedern tills den gick i bitar, bitar vilka han sen under en period försökte hålla ihop med kontorstejp. Det slutade alltid med att han i en blandning av ånger och skam fick uppsöka skolvaktmästaren för att rekvirera en ny pekpinne. Varje termin gick det åt minst tre pekpinnar i Wankels klass. Klassens lätt kaosartade tillstånd var naturligtvis helt okänt för L och hans mor när de steg in till denna ofruktsamma klass 4d, men efter hand som L kom in i klassens rutiner skulle allt detta bringas i dagen.

Så här efteråt kan man fråga sig hur klimatet i detta klassrum kunde ha kommit så totalt på avvägar? Förutom Wankels uppenbara oförmåga, som blev tydlig när han i sexan esattes av en ung kinnlig lärare och stämningen i klassen förbättrades radikalt, kan sentida spekulationer kring detta inte bli till mer än gissningar. Men som L nu minns så fanns det några klasskamrater som mer än andra skapade och också vidmakthöll det kontraproduktiva tillståndet.

Bredvid skolan hade det uppförts en trähuslänga för att användas till vad som då hette barnrikehus. Härifrån kom minst fyra av klassens elever, kanske fler, i så fall bortglömda. Han minns speciellt tre av dem. Orsaken till att han minns just dessa tre skiljer sig helt åt. Den ena, en flicka kommer han ihåg av ett enda skäl: Hon utsöndrade en stank så intensiv att alla andra försökte undvika hennes närhet. Den starka, av urin dominerande, lukten måste ha berott på att hon aldrig tvättade sig eller bytte kläder. Anledningen att han nämner henne här är för att visa att barnrikeungarna, som de fick heta i folkmun, oftast utmärkte sig på ett eller annat sätt. Så ock de andra två, de var båda pojkar. De dominerande klassen både i klassrummet och på skolgården. De var klassens ledare både i upptåg och uppror. Det var med dem L ville bli vän, vilket så småningom lyckades då de upptäckte hans förmåga att hävda sig fysiskt. I det tomrum som Wankels brist på auktoritet och oförmåga att kontrollera klassen efterlämnade, hade dessa två lyckats skapa en mycket nedbrytande atmosfär i klassrummet.

I femman gav han upp, Wankel, han erkände sig besegrad av klassen och begärde förflyttning. På examensdagen avtackade han klassen med de minnesvärda orden. "Under alla mina år som lärare har jag aldrig stött på en så besvärlig klass som denna. Nästa termin kommer ni att få en ny magister, jag hoppas att ni skall komma bättre överens med honom".

Det var till denna för evigt minnesvärda klass och dess skadliga miljö som L klev in denna morgon. Mitt i terminen dök han plötsligt upp, en ny pojke i klassen, tillsynes från ingenstans. Då han bodde långt från skolan hade ingen sett honom tidigare och skulle inte heller i fortsättningen se honom utanför skolan. Denna undran i klassen vem han var tillsammans med Wankels presentation av honom som: "Vi får en ny elev i klassen, L kommer från sydsverige och har just flyttat hit. Vi hälsar honom välkommen till staden och klassen." Att vara föremål för denna uppvisning, där han högst ofrivilligt fick spela huvudrollen, blev för L till ett mycket pinsamt uppträde inför de nya skolkamraterna. Som väl var blev detta något mycket kortvarigt.

Det som därefter följde tog snabbt formen av rutiner som egentligen inte berörde honom, skolan var och förblev för L något man bara gjorde. Ny skola, ny klass, nya skolkamrater, men mönstret från tidigare upprepades, vant anpassade han sig till omgivningen. Endast ett enskilt minne från tiden i denna klass har överlevt. Det utspelade sig på en rast under vintern då några pojkar från klassen var uppe på den vildvuxna kulle som utgjorde skolgårdens ena gräns. Minnet saknar kontext bara att han hölls nere av flera pojkar och blev mulad med snö. Då motståndarna var för många kände han sig totalt hjälplös och kunde inte

hålla tillbaka tårarna. När de andra, troligen förvå-
nade, upptäckte detta släppte de upp honom. Detta är
honom veterligen den enda gång han, under uppväx-
ten, någonsin gråtit inför omgivningen.

När sjätte årskursen startade visade det sig att den
som skulle ersätta resterna av Wankel var en hon. En
ung höggravid och snäll fröken som fick avsluta deras
tid i mellanstadiet. Det enda han nu kan minnas av
året i sjätte klass var tjänsten som skolpolis och besö-
ket på Gröna Lund. Det senare minnet består egent-
ligen bara av bussresan hem. Den blev katastrofalt
försenad då en av flickorna drabbades av svår åksjuka
vilket tvingade busschauffören att göra oräkneliga
stopp på vägen med resultat att de, till lärarinnans för-
tvivlan, inte nådde hemstaden förrän efter midnatt.

I ett försök att få ut något av livet i skolan, och tro-
ligtvis också för att visa sig kapabel, anmälde han sig
under sexan till tjänst som skolpolis. Han skulle till-
samman med en kamrat kontrollera övergångsstället
vid gatan utanför skolans huvudingång. Tjänsten gav
fördelen att man fick komma sent in efter rasten och
kunde därmed känna sig lite speciell. Passen som
skolpolis var för det mesta händelsefattiga minuter.
För att fylla ut tiden brukade de båda vanligtvis tävla
om hur många bilmärken de kunde namnge. Vid den
tiden, i skiftet mellan 50 och 60-tal, fanns det massor
av bilmärken med helt olika utseende, alla europe-
iska. — De amerikanska var så sällsynta att man

kunde bortse från dem och det skulle ta ytterligare ett antal år innan de första bilarna från Japan dök upp.

Bilmärkesintresset ledde vidare till att han började samla bilbroschyrer. Det gick till så att han och någon kompis, som nu är bortglömd, cyklade mellan olika bilförsäljare och tiggde till sig broschyrer. Om försäljarna visade sig snåla eller ovilliga brukade de försöka med "Jag skulle hämta till far", vilket aldrig var sant men ofta gav utdelning. Något minne av vad alla broschyrer användes till har han inte.

Helt oberoende av hans broschyrinsamlande skedde verkligen ett bilbyte i familjen vid denna tid. Far hade beslutat sig för att köpa en splitter ny Saab 96. Den köptes på avbetalning med den gamla Volvon som inbyte. När ett år gått och den sista delbetalningen skulle erläggas, visade sig far, som vanligt, inte ha kontroll över sina handlingar. Nu saknade han nödvändiga medel och stod rådlös. I fruktan för att bilhandlaren skulle ta tillbaka bilen och då han till varje pris ville undvika att be släkten i söder om hjälp, tvingades han nu, i ren desperation, kontakta en ogift kusin och be om ett tillfälligt handlån. Bara en av många episoder under åren som gav far ett grundmurat omdöme som klåpare i L:s ögon.

L var lika nyfiken, kunskapstörstande och läraktig som andra i den åldern. På många sätt kanske mer än många andra. Men med sin torftiga intellektuella bakgrund kunde han, trots att han i andra sammanhang visade stor intellektuell rörlighet, inte se något sammanhang mellan den kunskap skolan förmedlade och sin egen framtid. Den kunskapstörst han hade kunde inte förenas med det utantillpluggande som skolan erbjöd, den fick finna andra vägar. Det blev den då vanliga serietidningen Illustrerade Klassiker som kom att ge mest intryck under hans serietidningsperiod. Dessa klassiker var helt olika de övriga serietidningarna som nästan utan undantag var vildavästern-tidningar. Klassikerna var ibland obegripliga, som Macbeth, men de efterlämnade likväl något som de andra serietidningarna saknade. Även de så kallade jultidningarna blev ofta ihågkomna och kom kanske till viss del att bidra till hans utveckling. Deras betydelse kom sig av att de ofta var inbundna årskrönikor som beskrev framsteg inom vetenskap och teknik som girigt slukades. Dessutom hamnade de, i kraft av att vara inbundna böcker, i bokhyllan där de ofta blev kvar under många år.

Av en ren slump kom han att som tolvåring läsa sin första bok. Det var en av alla de Manhattan deckare där Mickey Spillane lät Mike Hammer lösa mordfall i en New York-miljö befolkad av de mest disparata existenser. Bakgrunden till det hela var att stadens folkpark höll öppet varje måndag eftermiddag. Dit gick gårdens pojkgäng ofta efter skolan. Den enda attraktion eller aktivitet han kan erinra sig därifrån är skjutbanan. Den sköttes av en äldre satt man i kakibrun arbetsrock med en sådan där penga och biljett väska av läder och mässing, som knappast finns längre, hängande runt halsen. Mannen arbetade alltid från utsidan av skjutbanan antagligen som en försäkran mot risken att bli träffad av blykulorna. För en avgift av tjugofem eller kanske femtio öre, L minns inte vilket, fick man ett laddat gevär med en omgång kulor, troligtvis fem stycken. Alltid lika butter överräckte mannen det skjutklara geväret, varefter det gällde att med stöd mot disken försöka sätta alla kulorna i mitten av cirklarna på måltavlan. Anledningen till detta tydliga minne är att L vid ett tillfälle lyckades skjuta så bra att han vann ett pris, som mannen, fortfarande lika butter, överräckte. Och priset var den pocketdeckare som kom att bli hans första bok. — Skollitteraturen räknades inte, där gjordes allt under tvång och med huvudet avstängt. Mellan L:s gård och panncentralen låg resterna av ett tidigare koloniområde, det var i ett av dess fruktträd han den dagen tillbringade eftermiddagen helt uppslukad av Mike Hammers vilda framfart i New York. Detta blev inledningen till hans intresse för läsning, även om nästa bok lät vänta på sig några år. Läsintresset kom, till skillnad mot de flesta andra aktiviteter, att bli bestående.

*

Men den andra gruppen då, de i grannskapet där han bodde, lyckades hans integration lika dåligt där som i skolan? Nej, där blev det helt annorlunda, i alla fall till en början. Om det var tillfälligheter, åldern eller vanan vet han inte, men redan under inflyttningsdagen blev han upptagen i den nya gårdens pojkgäng. Så fort han visade sig dök det upp några nyfikna pojkar. "Är det du som flyttat in där uppe?" "Ja" "Vill du följa med ut och cykla?" "Ja." Återigen kom den orangea Crescent cykeln till nytta och snart hade han lärt känna de jämnåriga på gården medan de däremot till en början nog hade lite svårare att lära känna honom. Om inget annat så skilde den märkliga dialekten ut honom, han var inte som de andra, men blev accepterad och upptagen i gruppen. Begränsningarna fick han från början klart för sig. Snett under honom bodde två jämnåriga pojkar som han redan första dagen blev upplyst om att inte umgås med, "de är tattare" var förklaringen.

Lösenordet för att få komma in i värmen hette då som nu konformitet. I de pojkgrupper han räknade sig till innebar det, då i skiftet mellan 50-tal och 60-tal, en bild av mannen präglad av amerikanska hjältar på film och i serietidningar. Det var manliga hjältar, alltid manliga, som kämpade för gott och mot ont, i rymden, i kriget men företrädesvis i den så populära vilda västern. Kapten Miki, David Crockett, Buffalo Bill, Daniel Boone och Kapten Tom, det var från dessa och andra seriemagasin pojkarna fick veta skillnaden mellan rätt och fel. Det var där de fick veta vilken belöning som väntade den som var god men också där de fick ta del av den skoningslösa bestraffningen som drabbade den som var ond. Definitionen av gott, ont, rätt och fel blev därmed den som torgfördes av medieskaparna.

Detta var en tid och en kultur där alla avvikare, moraliskt, sexuellt eller socialt, var lovligt byte. För L innebar det en heltidssysselsättning att inte avvika, i alla fall så lite som möjligt, att till varje pris anpassa sig och bli som de andra. Först och främst gällde det att så fort som möjligt tillskansa sig den lokala dialekten, något som gick med rekordfart i hans ålder. Efter detta använde han två olika dialekter. En i hemmet och en annan utanför hemmet. Detta kom att bli ett av de få tecknen på förställning som öppet förevisades. Det kom att ta mycket lång tid innan denna förmåga övergavs, och inte förrän efter det han slutat sin industrikarriär, som bruket kom att bli alltmer överflödigt. Det skulle gå ytterligare år innan han upptäckte att förmågan att tala annat än den dialekt han föddes med inte längre fanns kvar.

Då den önskvärda självbilden dåligt stämde överens med hans naturliga personlighet, upplevde han nu mötet med den för honom nödvändiga anpassningen som en kollision. Denna upplevelse fick honom att ta till drastiska åtgärder. Det blev nödvändigt att anlägga en mask av självklart uppförande. Det var nu han utvecklade vad som skulle komma att bli den så förment ogenomträngliga förställningen, något han upplevde som nödvändigt för att klara sig i omgivningen. Det var då, redan innan tonåren, han lärde sig förställningens svåra konst. Hans ursprungliga intention och önskan till anpassning blev således till något mycket mer. Den ursprungliga avsikten korrumperades och anpassningen blev till missanpassning. I brist på vägledning fick nu förställningen växa till sig, för att så småningom forma en mycket speciell karaktär. Han utvecklade mycket snart en makalös, till synes kassaskåpssäker, mask. Ja, han blev en sådan mästare på förställning att förmågan överlevde i oförvanskat skick nästan tjugo år framåt. Det var inte förrän efter fyllda trettio som en mycket smärtsam förnyelse tvingades fram, en förändring så omvälvande att han därefter för alltid blev en annan.

Den ekonomiska situationen för pojkarna var alltid skral. Den inskränkte sig till snålt tilltagna fickpengar. Det var dessa knappa resurser som begränsade inköpen från kioskens godisutbud. Några år senare utvidgades kioskbesöken — av nödvändighet — till en kiosk bortom synhåll från hemmet. Det var där man ibland lyckades skramla ihop pengar till ett litet paket mentolcigaretter. Då kioskbiträdet vägrade sälja enstaka cigaretter till dem med argumentet att de var för unga, blev dessa cigarettpaket den minsta mängd de kunde komma över. Kioskerna var i stort sätt det enda ställe de gjorde några inköp. Där fanns allt de behövde, godis, serietidningar, varm korv och så småningom cigaretter. Cykelhandlaren blev ett undantag. Under vintern var det där de köpte isolerband för att linda hockeyklubborna. För ändamålet användes en typ av väv fylld med en svart klibbig smörja. Något som, så mycket annat, försvann med plastens införande.

Under det första sommarlovet skulle de bygga en lådbil på gården. I likhet med hans tidigare två lådbilsprojekten finns bara få fragment av händelsen bevarade. Han minns att de hjul de lyckats få tag på, från en gammal barnvagn, var i mycket dåligt skick. Han minns också att de under alltmer komplicerade och tidskrävande försök ansträngde sig för att få till en rattstyrning som aldrig riktigt ville lyckas. Tre lådbilar vid helt olika ålder finns där i minnet men bara som bleka dimmoln. Lådbilsprojekt var något han varit inblandad i från sju års ålder men samtidigt något som aldrig tycks ha omfattat något verkligt engagemang, men ändå... De finns där alla.

Minnet av sommarloven är alltid soldränkta. Alla dessa härliga sommardagar då man slapp skolans meningslösheter. Ibland kunde de då tillbringa timmar på en av de halvmurkna träbryggorna nere vid ån.. Försedda med hemmagjorda metspön och degbullar metade de mört men han har inget minne av att de någonsin fick upp någon mört, något som aldrig tycktes framkalla missmod. Oberoende av resultat tycktes denna aktivitet ha en meditativt lugnande inverkan, till och med på pojkar i den åldern. För just där under alla de timmar de tillbringade på dessa trånga bryggor uppstod aldrig något bråk.

I vanliga fall, när det uppstod bråk eller oenighet löstes det alltid — handgripligen om så krävdes. L har aldrig tyckt om att slåss och försökte alltid hålla sig undan de ständiga utmaningarna från de andra pojkarna. Men en gång då Tommy gav sig på honom gick det inte att vika undan. I en underlig blandning av ovilja och stress gav han igen med besked, lusten att vika ner sig var som bortblåst, behovet av självhävdelse tog helt överhand. Efter några hårda slag, som träffade, lät sig Tommy brottas ner. Segraren fick sin lön i form av en högre rang i hierarkin och ökad respekt från slagskämparna. Gänget hade förväxlat hans motvilja med vekhet.

Nu förhöll det sig så att L hade en för ändamålet sällsynt lämplig kroppsbyggnad. Ett par långa pinnar till ben och märkbar avsaknad av höfter och stuss, något som fick alla byxor att hållas uppe endast och enbart av en hårt åtdragen livrem. Om man till detta lägger en mer normalt dimensionerad överkropp med breda axlar och långa armar så har man en utmärkt boxare. Något som kom till synes då Ingemar Johansson en sommarnatt 1959 blivit tungviktsmästare på andra sidan Atlanten. Redan dagen efter anordnades boxningsmatcher på gården ur vilka L gick segrande i sin viktklass. Den armstyrka som då gjorde sig gällande fick han möjlighet att visa upp vid ett helt annat tillfälle flera år senare. Det var under en gymnastiktimme i sjunde klass som gymnastikläraren utlovade en pengabelöning till den som hoppade upp, tog tag med händerna runt gymnastikbomen drygt två meter upp, hävde sig upp till brösthöjd och hängde kvar till siste man. Ganska snart var det bara han och en till kvar. Till slut var L på vippen att tuppa av, men då tog motståndarens krafter slut och denne tvingades släppa och falla ner. L hade lyckats vinna en belöning som för länge sen är bortglömd. Men det var det han bevisat för sig själv som ju var den egentliga och kvarstående belöningen.

Detta var en av de få gånger han utmärkte sig i gymnastiken. Vid ett tillfälle hördes ett positivt utrop från läraren över något han gjorde på fotbollsplanen. I övrigt var han alltid bland de sämsta vid all fysisk aktivitet. Han lyckades aldrig lära sig slå en volt på gymnastikmattan, något han under hela skoltiden på alla sätt försökte att dölja. Varje gång de ställdes upp på led för att i ändlös rad springa fram och utföra denna förhatliga övning, lyckades han oftast undkomma genom att hela tiden släppa fram återvändarna och på så sätt ständigt vara sist i kön. Inte ens en så elementär kroppsövning som att stående med benen ihop, böja sig framåt och försöka att nudda tårna med fingerspetsarna, har han någonsin varit i närheten av att genomföra. Det har alltid varit mer än en decimeter kvar till golvet när det tagit stopp. Det var endast i löpning på skolans idrottsplats han lyckades placera sig bland den övre halvan av pojkarna.

De få fysiska kraftmätningar han tvingades in i utanför skolan efterlämnade, trots stressen och oviljan, aldrig några bestående ärr, snarare stärkte de nog L:s självförtroende. Nej, det var det där andra, när det dök upp, som tyngde honom, ett okontrollerbart behov av att gå sin egen väg, ofta till ett högt pris. Det var aldrig vad omgivningen ofta tog det för att vara, ett sätt att utmärka sig. Tvärtom var uppmärksamhet det han minst av allt önskade. Nej, det var mer som en inre röst, något inom honom som satte stopp. Det var som ett behov som inte kunde ignoreras. Något som måste ha emanerat ur ett då fortfarande oupptäckt moraliskt krav. Det finns ett bra exempel på detta från denna tid.

Vanligen tog de sig till de olika äventyren per cykel men vid ett tillfälle åkte de bil med Tommys far ner till hamnen. Där blev de avsläppta med beskedet att vara på plats en timme senare, då Tommys far skulle komma och hämta upp dem. Efter tre timmar tröttnade L och bestämde sig för att gå den långa vägen hem, de andra röstade för att stanna kvar i hopp om att bilen skulle dyka upp. När han nått ungefär halvvägs passerade en demonstrativt signalerande Ford Prefect, det var Tommys far som äntligen dykt upp och nu var på väg hem med de andra. Han kunde mycket lätt ha stannat för att plocka upp L men nu skulle gubben visa på konsekvenserna av bristen på tillit eller vad det nu var som rörde sig i gubbens huvud. Enligt L var det aldrig mycket som rörde sig i det huvudet. När han senare fick veta att Tommys far, när han hämtat upp dem, varit kraftigt berusad klarnade anledningen till förseningen, gubben hade blivit bjuden på sprit och då fick det ta sin tid så länge flaskan inte var tom. L tog inte direkt illa vid sig av gubbens beteende, men känslan av utanförskap var mer påträngande än vanligt under resten av vandringen hemåt den dagen.

Ett ställe de ofta vistades vid var den del av hamnområdet som behärskades av det stora koleldade kraftvärmeverket med omgivande smutsiga industritomter. Där var marken alltid svart, täckt av ett lager koldamm. Det trögflytande vattnet som omgav gyttret av träbryggor och småbåtar var som en simmig soppa av kolrester uppblandat med allt som kunde flyta av det som strömmade ut från de cementrör som avslutade den delen av stadens kloaksystem. Deras intresse för denna plats stod att finna i den flotte de kunde använda när och hur de ville, då platsen nästan alltid var folktom. Flotten kom de med tiden att betrakta som deras egen, fram till dess den försvann för att dyka upp som simflotte utanför en sjötomt. Paddlande mellan gyttret av småbryggor och gistna båthus kunde deras fantasi här få fritt utlopp. Här utspelades många olika äventyr till sjöss.

Strax utanför stadens andra ände fanns ett grustag vars omgivning erbjöd utmärkta möjligheter till olika vildavästern-äventyr. Grusgropen hade fördelen av att kunna fungera som cykelcrossbana när cowboylivet kändes tråkigt. I samma färdriktning men en bra bit längre ut låg den lokala flygflottiljen. Här gjordes några besök det året då flottiljen blev utrustad med det då nyutvecklade jaktflygplanet Draken. Det var mycket spännande att trotsa varningsskyltarna och obehörigt ta sig in på det militära området. Belöningen blev att de på förhållandevis nära avstånd fick se och inte minst höra dessa fulländade luftens akrobater. De var trots allt tvungna att hålla sig på ett respektfullt avstånd från startbanan, de vågade sig helt enkelt inte närmare. Och tur var kanske det, då både luft och mark vibrerade när planen med hjälp av efterbrännkammare steg brant. De fick tillbringa den största delen av tiden liggande på magen uppe på en gräskulle, tätt tryckta mot marken för att undvika upptäckt. Upplevelsen av att ligga så under långa stunder, ofta i osäker väntan på nästa start, blev snabbt långtråkigt. Och intresset tog slut efter några enstaka besök.

Detta var en sorglös period för pojkarna på gården, så även för L. Att gå på en annan skola än alla kompisar hade blivit till rutin för honom. Nu var man inne i övergången från barndom till ungdom. Nu uppfattade man sig alltmer kapablel att fatta egna beslut oberoende av föräldrarna. Det från far och mor allt större behovet av dagliga och stundliga tillrättavisningar upplevde man mest som störande. Pojkarna var nu inne i en period då livet aldrig upplevdes som långtråkigt. De mest händelsefattiga perioderna var de då man tänkte på det som skulle komma att hända.

FYRA

D et förekom tillfällen vid vilka gårdsgängets till vardags så bekymmersfria beteende fick sig en törn. Som den gången de oförberedda blev ställda ansikte mot ansikte med livets flyktighet. De hade funnit en skadad duva bakom värmepannans höga skorsten. Efter överläggningar kom de fram till att man borde förkorta dess lidande genom att avliva fågeln. Frågan uppkom nu hur man bäst avlivar en duva. Lars föreslog att de skulle hålla den i fötterna och slå dess huvud mot tegelväggen. Han hade nog inte tänkt på konsekvenserna av förslaget. Eftersom det var hans idé blev han motvilligt utsedd till skarprättare. Om än i barmhärtighetens namn. Efter flera försök föreföll duvan död, men hur kunde man vara säker? De stod kvar en lång stund helt tysta, koncentrerade på den orörliga duvan. Till slut enades de om att den måste vara död och gick därifrån. Det var ingen som föreslog att begrava eller på annat sätt ta hands om den döda fågeln, alla ville bara gå därifrån. Ett kort men ack så tydligt ögonblick då evigheten hade korsat deras väg.

En annan minnesvärd händelse utspelade sig den dagen de upptäckte ett tjockt vitt rökmoln stiga mot himlen några kilometer bort, det tog inte lång tid innan de fått reda på att det uppstått en skogsbrand. Det närmaste någon av dem varit en större brand var besöken på stadens soptipp där brandkåren årligen brände av den spillolja som fyllts på i oljegropen under det gångna året. Men detta var ju något helt annat! Nu gällde det att hämta cyklarna och komma iväg, äventyret lockade och denna gången väntade ett riktigt äventyr, inte som de vanliga låtsasäventyren.

Andlösa av spänning inför ett kaos av människor, slangar, rop, brinnande träd och rykande mark, stannade de på respektfullt avstånd och såg på. Efter en stund kom en man fram till dem och frågade om det var någon av dem som ville hjälpa till. Javisst! svarade L snabbt och tveklöst. — Som trettonåring hyser man i den situationen ingen tvekan. Han fick hjälp att ta på sig en speciell ryggsäck fylld med vatten och försedd med ett pumphandtag på vänster sida och en slang till höger. Mannen visade hur den fungerade och pekade ut en bit rykande mark i utkanten av brandområdet, "gå runt här och spruta vatten på allt som glöder", lät ordern. L satte genast igång, hur länge han höll på eller huruvida de övriga också hjälpte till har han inget minne av.

Hur det hela slutade är också bortglömt. Det var

erfarenheten av att ha fått vara en del av detta, att ha hjälp till och gjort något på riktigt som helt dominerade minnet. Det var en erfarenhet han alltid skulle komma ihåg, att utföra något tillsammans med andra och kunna se resultatet av insatsen. Detta blev nu till en längtan som ytterligare fjärmade honom från skolundervisningen och drev på drömmen om ett riktigt arbete. I väntan på befrielsen anmälde han sig till en kurs i mopedteknik, som han inte minns något från, entusiasmen fördunklades av hans längtan efter en egen moped. I ett försök att göra fritiden mer meningsfylld för ungdomar hade staden uppfört ett antal ungdomsgårdar. En av dessa — Den närmaste för dem. — låg i ett relativt nybyggt höghusområde i närheten. Som allt nytt eller okänt skulle det utforskas. När mopedkursen var slut valde han att tillsammans med några av de andra pojkarna gå dit för att se vad som försiggick. Vad han nu kan minnas besöktes ungdomsgården bara denna enda gång. Denna av överheten tillrättalagda aktivitet var inget för gårdens pojkar.

Nu i början av sextiotalet gjorde tv:n sitt intåg. Tack vare den relativa närheten till Stockholm kunde familjen, med en rejäl takantenn till hjälp, nu ta del av SR:s TV-utbud som till en början inskränkte sig till två dagliga timmars sändning sex dagar i veckan. Trots det begränsade utbudet blev TV:n genast en naturlig del av kvällen. TV-tittandet blev nu något som alla samlades kring. Hur stor förändringen var beskrivs kanske bäst genom ett exempel. Den relativt lyxiga radiogrammofon familjen anskaffat under tidigt femtiotal lämnades nu som inbytesobjekt, med följande rabatt på TV priset. Teknikerna som installerade TV och antenn lovade att återkomma för att hämta radiogrammofonen. Efter många månaders väntan tröttnade far och sålde möbeln till en arbetskamrat. I efterhand kan man nog misstänka att TV-butiken var glad att slippa en möbel som de betraktade som osäljbar, ett exempel på utvecklingen från 1950 till 1960. Det magra utbudet och den begränsade sändningstiden ledde till att alla såg på allt. Fältet var således fritt för trettonåringens omättliga längtan efter äventyr. De tidiga vilda västern serierna från Amerika, Bonanza och Prärie, blev båda genast populära bland pojkarna, vars äventyr snabbt tog form av dessa tv-äventyr. Någon hade till och med fått tag på leksaksvapen som var kopior av de som förekom i rutan. Men även krigets glorifiering fick sin beskärda del när det på lördagskvällen visades långfilm. Det han minns av dessa filmer är att de var amerikanska krigsfilmer som alla utspelade sig under andra världskriget. Man kan säga att TV:n för pojkarna blev till en vidareutveckling av serietidningarnas värld.

*

Det var nu under de första tonåren som flickorna började ta större plats både i livet och drömmen. Nu var med ens umgänget uppblandat. Från att ha varit endast pojkar började han nu alltmer också träffa flickor. Som Gunilla på stranden iklädd baddräkt. Han lade sin hand på hennes knä. Det kändes i hela kroppen. Eller de så entusiastiskt kontaktsökande flickorna på någon främmande skolgård. Deras stora intresse tycktes emanera ur det faktum att han kom från en annan skola. Deras intresse fick hela han att engagera sig.

Nu fick vår hjälte återigen uppleva diskrepansen mellan de andras beteende — I hans ögon, alltid det normala. — och hans egna reaktioner. Han kunde ju lätt ha anpassat sig genom att spela med och göra som de övriga, men det fanns hela tiden det där obegripliga som satte stopp. Omgivningen tog det ofta för envishet men det var i själva verket ett desperat, om än omedvetet, försök till självrespekt, något av ett moraliskt simulacrum. Det motsatta könets inträde i tidigare obefolkade delar av medvetandet berodde inte på någon enskild händelse. Det var inte någon speciell flicka som plötsligt hade fått en annorlunda betydelse. Det var det motsatta könet i allmänhet som nu helt plötsligt fått en helt annan innebörd. Förändringen hade smugit sig på. Eller var det kanske det att den drabbade alla ungefär samtidigt, både pojkar och flickor, som gjorde dess inträde så omärklig. Detta, det största av alla steg från barn till vuxen, skedde således utan att han förstod vad som var på gång och ännu mindre vart det skulle leda. Han visste bara att han plötsligt hade en lust som tidigare inte funnits där och som nu på ett helt annat sätt blivit dominerande.

Förändringen hade varit ett faktum under en tid, då de en lördagskväll höll till hemma hos Roger när Rogers föräldrar var borta. Roger tog ner en bok från bokhyllan och slog upp det, han visste precis var, knulla! Att se det i tryck var något helt annat än att höra det skrikas på gården. Det var Roger, L, Gunvor och ytterligare en flicka till som han nu inte för sitt liv kan minnas, varken vad hon hette eller hur hon såg ut. Var hon lång eller kort, blond eller mörk, ingen aning, bara att hon var där. Gunvor däremot, hon var mörk mycket mörk med håret i hästsvans, liten och späd, mycket söt tyckte han när de båda gick in Rogers föräldrars sovrum utan att tända ljuset. Knappt inne i rummet hördes, via den öppna balkongdörren, en tordönsstämma som ropade från ett av köksfönstren i huset på andra sidan gården. "Gunvor var är du, dags att komma in!" Det var Gunvors far och snabbt som en pil var hon ute och på väg ner för trappan. I det ögonblicket hatade han Gunvors far.

Men sommaren var lång —Eller kanske somrarna, minnet flyter nog ihop ibland. — och många äventyr väntade, som det bakom badplatsens utedass. Det var allmänt känt att ett av damernas torrdass var försett med en springa genom vilken man från baksidan kunde betrakta, ja, ofta inte mycket men förbjudet var det och därmed spännande. Där satt han på huk dubbelvikt för att kunna se ett par knän och en nedkavlad baddräkt ackompanjerat av det ihåliga ljudet från strålen som träffade botten på dasstunnan men det räckte för att en första ejakulationsstråle skulle spola iväg en av de maskrosbollar som trivdes runt utedassen, men det var när han åter koncentrerade blicken det hände! Hon kavade av sig baddräkten, särade på benen så att han kunde sen den! Den var ljus nästan blond, hon lade handen för, nej på och började först sakta sedan ryckigt och snabbt röra handen där nere! Det var då en andra maskrosboll förintades. Efter en stund stillnade hon för att åter börja massagen, nu mer mjukt och stilla. Nu höll hon på längre för att plötsligt upphöra, resa sig, snabbt dra på sig baddräkten och försvinna ut från dasset. Då L nu befann sig i ett förvirrat tillstånd av bedövning, och dessutom rädd för upptäckt, tog det en stund innan han vågade sticka fram huvudet runt dassets gavel i ett försök att få syn på henne. Men vid det laget hade hon för länge sedan försvunnit bort.

Vem var hon, hur såg hon ut? Att hon var ung det begrep han, troligtvis äldre än honom men ung. Varför gjorde hon det? Visste hon att han tittade? Frågor han tänkte mycket på efteråt utan att kunna, eller våga, prata om det med någon annan. Det han gjort bakom utedasset föreföll honom så perverst —

76

Inte alls det hon gjort av någon konstig anledning. — att det måste hållas hemligt. Alla dessa obesvarade frågor som för alltid förblir lika gåtfulla. I det ofullbordade finner minnet en outsinlig källa till spekulationer som dessutom erbjuder den inre dialogens kännetecken, och fördel, framför andra. — Total frihet från irriterande motsägelser. Detta var en typ av minnen, frågor och erfarenheter som kom att ta stor plats hos L framöver. Frågor av betydelse som aldrig får något svar har en potential som tenderar att bränna in minnen som inget annat. Frågor av extra stor betydelse innefattar ofta kvinnor och kanske var minnet från badplatsens utedass bara den första av alla kvinnor till vilka han senare alltid kunde återkomma. Alla dessa avvisade, förlorade, ouppnåeliga, hungriga, obegripliga, undflyende och overkliga, kvinnor.

Men det fanns också det där andra som ibland fick honom att säga nej och gå sin egen väg. Som när kompisarna bestämde sig för grupponani, då bestämde han sig för att gå därifrån. Detta kom sig inte av moraliska betänkligheter avseende handlingen som sådan. Nej, för honom var detta privat och hemligt, som så mycket annat vid den tiden. Kompisarnas agerande uppfattade han som ett förtingligande som i hans ögon då blev till en brist på respekt, något fördummande, en sådan grovhet kunde han inte förmå sig till. Hans överromantiska syn på erotiken blev nu till ytterligare en utanförskapande egenhet. I en ålder då det att vara som alla andra kändes extra viktigt drevs L likväl ofta av krafter och ställningstaganden som ställde honom utanför. Kvällen innan skolan skulle börja låg de inkrupna bland buskarna nere vid koloniområdet, de var tre pojkar och en flicka, han har inget minne av de andra pojkarna, inte heller flickan minns han annat än att hennes bröst föreföll jättestora. De andra två pojkarna var ivrigt upptagna med att klumpigt och tafatt klämma på flickans blottade bröst, själv tittade han på, mest på hennes bröst. Men han kunde inte förmå sig till att röra vid dem, nog för att han hade lust, men det fanns ett avståndstagande från denna tarvlighet som höll honom tillbaka. Detta var ju i grunden något fint, på något sätt helig mark, när den marken skulle beträdas så inte var det på det här sättet. När så flickan dök upp på bussen nästa morgonen iklädd sin, inför skolstarten, nyinköpta klänning visste hans blygsel inga gränser, men hon kom fram, kontaktsökande, och började prata. Det gick inte att ta miste på hennes sympati. Hennes beteende gjorde honom mycket förbryllad. Han som varit en så löjlig fegis kvällen innan? Efteråt blir denna episod till en tydlig bild av hur hans inställningen till det motsatta könet blivit ganska vilsen redan från början.

Det måste ha hänt mycket mer under denna så omvälvande period av tidig pubertet, men allt har blekts bort av tidens nötning. Så här efteråt är det uppenbart att minnen av fritiden och de jämnåriga på och ikring gården trots allt är helt dominerande. Detta jämfört med de i det närmaste helt bortglömda skolkamraterna. Han har fortfarande vissa minnen av tre pojkar som bodde på gården, mest av en av dem då de bodde grannar och föräldrarna umgicks. Av flickorna minns han bara Gunvor och Katarina. Det blev inte förrän han fyllt sexton som de första mer klara minnena av umgänge med jämnåriga bevarades.

*

Efter sjätte skolåret väntade nu högstadiet, Sjunde och åttonde klass, som kom att bli de sista två skolåren för L. Då skolan han dittills gått på endast hade utbildning upp till sjätte klass blev han nu tvungen att byta skola. Hans linjeval, som innebar så lite teori som möjligt, ledde till en skola som låg ännu längre från hemmet. Det mer naturliga, att han blivit flyttad till den skola där övriga bland hans gårdskamrater skulle gå, — En skola mycket nära där han bodde. — tycktes aldrig övervägas, varken av skolbyråkraterna eller föräldrarna. Såvitt han nu kan minnas var det inte en enda av eleverna från sexan som började på den skola han nu fått sig anvisad. Var de tog vägen har han ingen aning om då han saknade närmare kontakt men någon av dem. Flytten till högstadiet innebar således ny skola med idel nya skolkamrater, vilket fick föga betydelse. Skolorna hade redan varit så många, och kontakterna med skolkamraterna förblivit så ytliga, att han bara lät sig flyta med strömmen.

Upplevelsen av skolundervisningen som meningslös blev till stor olycka som det kom att ta lång tid och mycket möda att senare i livet nödtorftigt reparera. Orsakerna till hans syn på skolan var, som så ofta, mer än en. Skolan och lärarna fick ofta skulden och ibland med rätta. Av alla skollärare som passerat genom L:s liv, och det var många, minst tjugo stycken, var ingen direkt elak. Vanligtvis var de oengagerade, liknöjda eller inkompetenta, ofta i en oaptitlig blandning. Sedan fanns där de som var för gamla, de levde och undervisade i en värld som inte längre fanns, som stofilen i 7:an som satte klassen att högläsa ur *Herr Arnes Penningar*. Återstår några få godhjärtade idealister och ännu färre de som hittat sin rätta plats i livet, de senare tillsammans inte mer än två tre stycken. Men grundproblemet för L var trots allt en oengagerad och intellektuellt utarmad hemmiljö. Där hemma rådde en atmosfär i vilken L:s törst efter kunskap och förståelse frustrerades, det som för honom skulle kunna vara ett naturligt letande i omgivningen förvandlades nu istället till ett vaksamt inre spejande.

Erfarenheterna från alla skolbyten, klassbyten och udda skolplaceringar efterlämnade ett skal av reservation som effektivt utestängde alla möjligheter att knyta vänskapsband med skolkamraterna under de korta rasterna som var de enda tillfällen han träffade

dem utanför klassrummet. Men de känslor av en-
samhet och saknad som från och till gjorde sig påmin-
da refererade aldrig till skolkamraterna. Relationerna
till dem var alltför ytlig för att framkalla några upple-
velser av utanförskap, de enda spår klasskamraterna
lämnade efter sig var några klassfoton. Han känner
igen många av dem på de årliga klassfoton som finns
bevarade. Några andra minnen av dem har han inte.
Han har ingen aning om vem som deltog vid de olika
händelser som han kan erinra sig. I de fall han närma-
re beskrivit någon skolkamrat är detta sprunget ur
minnet av händelsen, inte av personen och eventuella
namn är fingerade. Denna närmast totala avsaknad av
minnen som refererar till enskilda klasskamrater be-
skriver en obruten kedja från hans första skolår till
hans åttonde och sista.

I övrigt inträffade ingenting som fick honom att
ändra inställning till skolan, inte mer än att lärarna
började framträda mer som personligheter. En sådan
var historieläraren som han hade de sista två åren.
Denne lärare utmärkte sig, en kortvuxen något kor-
pulent man med ett brinnande intresse för sitt ämne,
ett intresse som smittade av sig till och med på L. Inte
så att han blev intresserad av historia, så långt nådde
läraren inte. Men exkursionerna till fornminnen i
stadens närhet, varav den ena gick till en runsten som
läraren själv upptäckt, och besöket på den närbelägna
och berömda gravhögen, visade alla att skolan kunde

vara annat än det meningslösa ofta oengagerade faktapluggandet som för L representerade skolundervisningen. Dock var och förblev betygen usla, även i historia. Det bästa betyget det sjunde året fick han i samhällskunskap, orsaken till det var inte hans egna insatser men indirekt hans mors. I henne var samhällskunskapsläraren förtjust.

Med glesa mellanrum fick han trots allt tillfälle att visa upp sina förmågor i skolan. Det var vid dessa sällsynta tillfällen, ibland bara ögonblick, som glädjen och ivern fick tillträde i skolan. Som den gången i åttonde klass då hela skolan skulle på bussutflykt för att besöka en avlägsen djurpark. För det ändamålet skulle en skoltidning produceras. Detta projekt engagerade L varvid läraren till sin förvåning upptäckte hans kreativa talanger och gav beröm.

Det var stor skillnad mot den gången i sjätte klass då de blivit utskickade till den skogbeklädda kulle som utgjorde skolgårdens södra gräns för att därifrån teckna en vy av utsikten. Då den unga kvinnliga teckningsläraren inte själv följde med kan man misstänka att det bara var ett sätt för henne att bli av med dem. Han valde att avbilda ett äldre tvåvåningshus på andra sidan vägen. Resultatet blev beundrat av klasskamraterna och vid inlämningen samlades de för att få höra frökens utlåtande. Men fröken visade inte upp någon som helst reaktion, låtsades som ingenting. Det blev tydligt för L, det som hon själv inte vågade säga öppet. Utifrån hans i övrigt uppvisade ointresse och beteende misstänkte hon sig nu troligtvis vara utsatt för ett bedrägeri. Hon misstänkte att det var någon annan som gjort teckningen. På något sätt förstod L denna unga osäkra lärarinna, men på ett annat plan var ju detta då som att hälla bensin på elden. Men värre blev det då de under en senare lektion fick uppgiften att teckna av sin fria hand. En teckning han utförde framför hennes ögon, och likt den tidigare uppgiften, med ett resultat överlägset kasskamraternas. Nu tyckte han absolut att hennes tvivel borde vara vederlagda. Men då han vid terminens slut inte fick mer än Ba i teckning och målning hamnade läraren i den stora gruppen av obehagliga individer som hans privata lärarkollektiv var fyllt av.

En annan, medfödd, begåvning han ibland fick möjlighet att visa upp var orienteringsförmågan, eller kanske var det snarare sitt goda lokalsinne. Detta brukade han briljera med vid de årliga skogsutflykterna, med ett minnesvärt undantag. Det var i fjärde klass, då han och lagkamraten började filosofera på vägen, glömde tid och rum och kom en timme för sent till uppsamlingspunkten, men de hade aldrig gått vilse, som alla trodde. Hur man skulle kunna gå vilse på den mindre ö de befann sig föreföll honom redan då som obegripligt. Vid ett senare tillfälle, troligtvis i sjunde klass, skulle grupper om fyra med hjälp av kartan, men utan kompass, förflytta sig från station till station. Vid en station uppstod stor oenighet i den grupp han tillhörde. Tvisten gällde riktningen till nästa station och stod mellan honom och de övriga tre, han vägrade ge sig då det föreföll honom givet vilken riktning som var den rätta. Efter en lång stund av livligt argumenterande greps den där vaktande läraren av medlidande och ingrep med en inlindad antydan om att en avvikande uppfattning ibland kunde visa sig vara den rätta. Det ledde direkt till att alla de andra började springa i den riktning han förordat, men det var bara han som kunde fortsätta med en inre tillfredsställelse, något erkännande från skolkamraterna var inte att vänta.

Det hade införts ett nytt ämne i undervisningen som hette praktik. Högstadieeleverna skulle praktisera en vecka på respektive två olika arbetsplatser. Om detta försiggick i 7:e eller 8:e klass är idag oklart. Redan i valet av praktikplatser framstod hans totala avsaknad av personlig stadga. Istället för att skaffa sig erfarenhet inom något av de yrken han skulle vilja arbeta inom så valde han det som för stunden kändes mest spännande. Det blev slakteri och polis. Ingen av dessa arbetsplatser hade han någonsin tänkt på när han drömde om sitt första jobb. Praktikperioderna blev om möjligt än mer meningslösa då det visade sig att minderåriga inte fick delta varken i slaktandet av djur eller i infångandet av bovar.

Toppbetyget i åttonde klass blev ett litet a i slöjd

och denna gång, till skillnad mot det föregående året, erhölls betyget nu på egna meriter. Redan vid skolårets början valde han att tillverka ett mindre mosaikbord. Då allt skulle framställas av ohyvlade brädor blev detta ett tidskrävande arbete som vartefter bordet växte fram engagerade honom alltmer och slöjden kom att innebära i hög grad meningsfulla skoltimmar. De olika momenten är glömda men bordet finns fortfarande kvar i hans ägo och uppfyller på alla sätt utseendet och kvalitén på en handbyggd möbel. Prestationen i slöjden stod dock i bjärt kontrast mot hans övriga beteende. Under den sista tiden i skolan blev L:s vilsenhet ibland så uppenbar att inte ens han själv kunde undvika att se den. Överensstämmelsen mellan hans uppförande, önskningar och det han egentligen då behövde, tycktes ha kollapsat i frånvaron av vägledning och under trycket av fåfängt önsketänkande. Ibland ledde detta till förfärliga episoder där L upplevde sig utställd och betittad som en främmande fågel.

Problemen drevs till sin spets en gång då alla åttondeklassare skulle ha skridskoåkning på skolans spolade idrottsplan. Han tog med sina skridskor och gav sig iväg. När gymnastikläraren såg honom frågade han undrande om det var allt han hade på sig. Ja, svarade L iklädd skinnjacka, nylonskjorta och barhuvad — Den fantasifulla frisyren fixerad med hjälp av vatten och pomada tålde ingen huvudbeklädnad. Till historien hör att det var tjugosju minusgrader ute den dagen. Det hade varit så kallt under natten att brandkåren varit där för att tina upp några vattenrör där det bildats isproppar. Läraren beordrade honom i nedlåtande ton att gå tillbaks till omklädningsrummet och vänta där. Kanske ville han då se ut som James Dean på filmaffischerna men lärarens ingripande förvandlade allt detta till skam och saknad. Åter drabbades han av denna så plågsamma utanförkänsla. Desto mer svåruthärdlig då han visste hur lätt det skulle vara för honom att ändra sig och uppträda som de andra, om bara inte det där obegripliga inom honom hade satt stopp. Kvar fanns nu bara vilsenheten och den fåfänga önskan att hitta rätt.

När han den dagen var på väg hem hade någon amatörpoet skrivit med röd krita på betongväggen i passagen under järnvägen "Den du är, är mycket mer än alla dem du velat vara, vill vara, eller kommer att vilja vara". Han vet efteråt inte varför han stannade och läste just detta, den väggen var ju jämt fylld med klotter. Med lärarens förakt ringande i öronen — Och kanske än mer skolkamraternas glättiga kommentarer om hur han lyckats undkomma gympan. — blev han för ett ögonblick stående i begrundan. En begrundan som brände in ett livslångt minne, men just då föreföll detta mest som högtravande meningslösheter som inte hade med honom att göra.

Valet av klädsel skulle även fortsättningsvis visa

upp en stor fäbless för det extravaganta och uppseendeväckande, där praktiska överväganden ofta lämnades därhän till förmån för en säregen estetik. Då detta pågick under större delen av tonårsperioden kan man undra vad som låg bakom. Utifrån hans i övrigt dysfunktionella personlighet skulle man kanske våga sig på ett antagande. Kunde detta vara ett försök till kompensation där den inre tomheten fick ersättas av ett yttre, iögonfallande, överdåd? Om så, var detta något som skedde helt i hans undermedvetna.

*

När nu flytten från mellanstadiet till högstadiet i mångt och mycket gått spårlöst förbi så var det en annan flytt som fick stor betydelse och visade på vilken tunn lina hans liv nu balanserade. Strax innan högstadiet flyttade familjen från en tvåa med kök till en trea med kök två kvarter bort. De kunde lika gärna ha flyttat två mil bort. Det pojkgäng L tillhörde var alla födda på gården, det var där de höll till, om han ville träffa dem fick han gå dit, de kom inte till honom. Men varför gick han då inte dit? Två kvarter! Jodå, han gick dit ibland, men det blev alltmer sällan och vartefter tiden gick kändes det allt mindre naturligt att uppsöka den gamla gården. Han stannade allt oftare inne efter skolan. Vad han då gjorde har han efteråt inte den blekaste aning om.

Detta lilla räckte alltså för att i stort sett bryta kontakten med kompisarna! I tidiga tonår, osäker, inbunden och mycket reserverad fick han naturligtvis ingen som helst kontakt med jämnåriga på den nya gården, om där ens fanns så många jämnåriga. Den enda han kände i huset var Katarina i A-trappan. De gick på samma skola och trots visad välvilja från hennes sida var han alltför blyg för att våga ta kontakt de gånger de stötte på varann i cykelkällaren eller på bussen.

Efter flytten till den nya lägenheten skedde något mycket ovanligt. Föräldrarna ställde krav på honom. När nu föräldrarna verkligen ställde krav — Det vill säga mor, far engagerade sig aldrig. — gällde det konfirmationsundervisningen. Tretton år gammal skulle han nu bli tvingad av mor att bli konfirmerad. Detta var något mycket symptomatiskt för den atmosfär som präglade L:s uppväxt. När terrängen blev farlig och vägledning kändes nödvändig fanns där ingen att få, däremot kunde de mest triviala vägval bli till nödvändiga ställningstaganden för mor — och far, som för att slippa från bara höll med. För mor i sin brist på individualitet blev konventionerna de referensramar inom vilka hennes liv utspelade sig. Att inte vara konfirmerad var för henne att jämställa med ett kainsmärke. Då han inte frivilligt gick för att anmäla sig till konfirmationsundervisningen gick hon dit och skrev in honom varefter hon kontrollerade att han gick dit. Som hämnd intog han en hållning inför prästens undervisning som fick hans uppträdande i skolan att framträda som engagerat. Höjdpunkten kom vid kyrkoförhöret där prästen antagligen gav honom den enklaste fråga han kunde komma på "Var står, något han nu glömt, i Bibeln eller Psalmboken?" Det var som att spela på färg vid rouletteborbordet, femtio procents chans. Utan att ha en aning svarade han med låg röst "Psalmboken", fel! De förlorade, både prelaten och mor. Han mötte prästens förakt med triumf. Mor låtsades givetvis som ingenting, själv kände han sig nöjd.

DEL TVÅ

Unga år

FEM

S ommaren innan han skulle fylla femton var det åter dags att bryta upp. Denna gång skulle familjen tillbaka till den plats de lämnat när han var sju år gammal. Han skulle nu återvända till den födelsestad som hunnit bli totalt främmande och obekant. Till denna plats saknade han nu all anknytning förutom vetskapen att det var där släkten bodde. Som fjortonåring blev han nu tvungen att hantera det som kom att bli det sista uppbrottet under uppväxten. Det blev det sista men det blev också, som det skulle visa sig, det som kom att bli helt ödeläggande för hans utveckling.

Flytten, i likhet med de tidigare, skedde i en hast och till synes oplanerat. Det var som om far inte hade något att säga till om vid dessa tillfällen, familjen tycktes drivas omkring av krafter över vilka de själva saknade kontroll. Orsaken till detta sakernas tillstånd stod givetvis att finna i fars brist på auktoritet. Han styrdes av önskningar och behov vilka han satte i första rummet samtidigt som han lät omgivningen bestämma över eventuella konsekvenser. Vid dessa tillfällen fick familjen komma i andra hand. Det var således en ren slump att L nu för första gången slapp flytta mitt under terminen, en slump som sedermera visade sig bli betydelselös. Fars totala brist på kontroll hamnade i rampljuset när tiden för deras flytt blev bestämd. Den enda bostad som gått att uppbringa skulle inte bli klar förrän fyra månader efter det att far hade börjat sitt nya jobb. Att låta resten av familjen flytta först när bostaden var inflyttningsklar ansågs för dyrt, resultatet blev att de anlände med flyttlasset när huset de skulle flytta in i bara var halvfärdigt. Nu fick bohaget magasineras och familjen nödgades under flera månader leva ett nomadiskt liv. Den första varma sommarmånaden tillbringades i ett familjetält på stadens campingplats. När vädret blev kyligare påbörjades ett kringflackande liv där L kom att tillbringa den mesta tiden hos farmor och farfar.

När höstterminen närmade sig tog mor kontakt med skolmyndigheterna för att anmäla honom till skolgång. Både han och föräldrarna trodde att det kommande året skulle bli hans nionde och sista skolår. Nu uppdagades det att den grundskola han hittills gått i ännu inte införts i denna stad. Efter beskedet kom mor hem och förklarade för honom att han hade att välja mellan att gå sitt sista skolår på en försöksskola långt från hemmet, eller att ge sig ut och finna ett jobb. Jubel inombords, inget kunde låta bättre i hans öron. Äntligen få slippa skolan! Nu var fältet fritt att ge sig på jakt efter det så hett efterlängtade första jobbet.

Några dagar senare kom far hem och berättade att han varit i kontakt med en bekant som kunde lova L en anställning. Med fars bekant som referens och klädd i sin konfirmationskostym klev han in till personalassistenten på en av stadens större industrier och presenterade sig med orden: "Goddag, jag skulle söka jobb här". Dessa ord skulle finnas kvar i minnet resten av livet. Det rådde brist på arbetskraft varför anställningen blev till en ren formalitet. Efter mindre än en halvtimme var han anställd som verkstadspojke, ett finare ord för springgrabb. Redan den följande måndagen klockan sex minuter i sju — En obegriplig tidpunkt. — klev han in på fabriksgolvet. Det steget var i själva verket ett jättekliv ut ur barndomen och in i vuxenvärlden. L som fortfarande var i början av sin pubertet var den i särklass yngsta medarbetaren på avdelningen, de yngsta arbetskamraterna var flera år äldre än honom.

För att få börja arbeta innan man fyllt femton år var man tvungen att ha ett hälsointyg. Detta intyg måste vara utfärdat av stadsläkaren efter undersökning. Det var en varm och solig julidag då han och mor tog sig till denna läkare för att få det nödvändiga intyget. Då de var tidiga slog de sig ner på en av bänkarna vid det stora torget framför stadens museum.

Torgets vita marmorbeläggning lös i solskenet, från den stora fontänen hördes och kändes ett svalkande vattenbrus, skumstänken gnistrade som ädelstenar. Skönheten i den stunden var ett av de första positiva intrycken han fick av staden. Ett minne som skulle bevaras för resten av livet.

Så snart L fått jobb på fabriken blev det bestämt att han tills vidare skulle bo hos farmor och farfar, då de bodde helt nära hans arbetsplats. När han började på sitt första jobb, återstod det ännu mer än en månad innan familjens nya bostad skulle bli inflyttningsklar. Det skulle således gå ännu ett antal veckor innan han skulle få stifta bekantskap med den sextiotalsförort familjens nya bostad var en del av.

Den innerstad han en gång lämnat, med innergårdar omgivna av massiva huskroppar och trånga gator, mestadels byggda innan krigsslutet, ersattes redan under femtio-talet då man började bygga mer öppet, grönt och ljust. Vid sextiotalets ingång kom så den stora bostadsexpansionen igång och mycket typiska förortsbebyggelser växte upp som svampar ur jorden över hela landet. Det var öppna och ljusa områden, men likformigheten framkallade om inte mörker så i alla fall en färglöshet som tog udden av all trivsamhet. Där L hamnat fanns det hus av olika slag, två olika, höga och låga, här fanns det olika färg på husen, två olika, röda och gula. I centrum låg ett asfalterat torg som innehöll allt det som gjorde att man aldrig skulle behöva lämna området annat än för att arbeta. Området erbjöd även en nybyggd skola för barn mellan sju och fjorton år. Detta beskrev en kategori av bostadsområden som på bara något årtionde fick något av en monopolliknande prägel över hela landet Här hade funktionalismens idéer förvanskats till ren funktion.

När familjen väl kommit på plats i sin nya lägenhet blev det snabbt uppenbart, om nu någon varit uppmärksam, att L för länge sedan kommit fel och nu var helt vilse. I det nybyggda höghusområdet hittade han inga vänner, han försökte inte ens. De jämnåriga som fanns i området låg och sov när han gav sig iväg på morgonen och hade slutat skoldagen långt innan han kom hem igen. De tycktes alla ha börjat på den nybyggda skolan eller i realskolan. De hade alla vänner bland klasskamrater eller bland jämnåriga de vuxit upp tillsammans med, medan han i sin nya värld, på fabriksgolvet, bara träffade vuxna. Det var nu vår unge hjälte, i mångt och mycket fortfarande ett barn, fick uppleva den verkliga ensamheten. Han hade upplevt ensamhet redan tidigare, ofta självvald, men aldrig så total och så ofrivillig som nu.

Den nya sociala situation han nu befann sig i skapade till synes oöverstigliga hinder. På detta dilemma hade han ingen lösning. Förvisso upplevde han den oönskade effekten fullt ut men saknade helt förmåga till förändring, så tillståndet fick fortgå. Och på den vägen blev det under ett helt år. Nu visade sig denna väg vara inte bara ofruktsam men rent skadlig för honom, en yngling mitt uppe i puberteten och i grav avsaknad av personlighet! Utvecklingen blev nu till stora delar nerbrytande och kom att sätta spår som för mycket lång tid framöver skulle göra honom till en främling, både inför sig själv och inför omgivningen. I det förra fallet skulle han så småningom inse att orsaken till alienationen stod att finna i det att han saknade den personlighet som är nödvändig för att finna sig själv. Med andra ord något av ett catch 22 problem.

Umgänget med de äldre arbetskamraterna kunde ju bara bli ytlig. Därmed kunde man tycka att behovet av förställning borde minska i betydelse i hans nya omgivning. Men på arbetsplatsen såväl som på den ensamma fritiden fortsatte han att leva bakom sin mask. Att dölja sin ensamhet blev mycket viktig för honom. Den alienation han ständigt upplevde gjorde att förställningen förblev av central betydelse under många år framåt. Man får här inte glömma att hans förställningskonst osynliggjorde hans känsla av främlingskap inför den andre. Ingen märkte något, snarare uppfattades han ofta som social.

Alla de arbetskamrater han dagligen träffade arbetade på ackord, den enda tid de hade för umgänge var i rökrummet. — Detta var en tid då i stort sett alla rökte. — Det var nog en starkt bidragande orsak till att han började röka. Då han var så ung blev det nog mest som åhörare han deltog i rökrummets diskussioner. Efter en kort tid som cigarettrökare övergick han till pipa och Capstan navy cut blå piptobak, ett bruk som kom att fortsätta under fem år fram till tiden i flottan. Ombord gällde totalt rökförbud, luft var en dyrbar vara i undervattensläge. Som så många andra övergick han då till snus. När han så småningom skaffade egen bostad och började studera på heltid blev ekonomin avgörande och han slutade med både pipa och snus. L har således varit icke-rökare under större delen av sitt liv.

Det var under hans första år i staden som verkningarna från den sista flytten satte in med full kraft och efterlämnade livslånga ärr i hans inre. Under detta första år skedde en avgörande personlighetsutveckling som senare aldrig kunde göras ogjord. Den förorsakade förändringar som i mångt och mycket blev bestående. Den färd vars slutmål skulle efterlämna en vuxen person resulterade nu istället i den skadade individ han sedan, mer eller mindre, fick dras med resten av livet. Det som ingen visste, inte ens hans föräldrar, var att han under ett års tid aldrig utbytte ett enda ord med någon jämnårig. Under denna tid tillbringade han all sin fritid ensam. Han inneslöt sig då i ett skal som med tiden blev tämligen ogenomträngligt. Då han saknade alla förutsättningar, både inre och yttre, att bryta sitt livsmönster, blev det centrala nu istället att dölja sitt verkliga jag för omgivningen. Resultatet blev att han utvecklade ett beteende av undvikande och avvisande.

Nu när han hade fast lön, kunde han med egna pengar köpa saker han ville ha. Det började med mopeden sen följde rullbandspelaren. Med den kunde han spela in musik från radions P3, där det då fanns ett dagligt timslångt program med popmusik. Efter att länge ha tvekat gick han en dag ner på Domus friluftsavdelning och köpte ett luftgevär. Då det måste hållas undan från upptäckt av far blev det aldrig mycket använt. Ibland gick han på bio, men har i efterhand inte den blekaste aning om vilka filmer han då såg.

När han nu erinrar sig detta år framstår det som en period då han tog sig fram utan mycket av yttre intryck. På föräldrarnas uppmaning anmälde han sig till en hockeyskola men då han saknade förutsättningar tröttnade han snabbt. Vid något enstaka tillfälle gick han och såg en fotbollsmatch, som han nu minns var det någon stormatch. Stående där på ståplatsläktaren utan genuint intresse för det som utspelades på planen kände han sig helt malplacerad och företaget upprepades inte. I övrigt tillbringade han nästan all sin lediga tid hemma i sitt rum. Där spelade han in och upp musik med sin rullbandspelare, tecknade en hel del, ofta från bilder i tidningar eller böcker. Han började nu alltmer leva i fantasin, där han rörde sig bland de ensamma hjältar han läste om i begagnade pocketböcker. Dessa bytte han sig till i en boklåda enligt principen: en ny mot två gamla plus 50 öre. Stimulerad av de tekniktidningar han brukade köpa fantiserade han om att bygga en egen Go-cart, men verkligheten begränsade hans intresse för motorer och äventyr till en egentrimmad moped. På mopeden, försedd med extra högt styre och fårskinnssadel, iklädd sin skinnjacka av typ amerikansk highway-patrol kunde han nu nonchalant köra om alla andra moppar på stan.

När han jobbat ett knappt år och den första semestern närmade sig, fick han veta att familjen skulle göra en längre bilsemester genom Europa. Resan hade planerats utan att ta hänsyn till hans ledighet som givetvis sammanföll med den ordinarie industrisemestern. Detta visste hans föräldrar om men förutsatte att han skulle få ledigt en vecka tidigare för att kunna följa med på deras resa. Han visste att förmannen räknade med honom extra mycket dagen innan semestern. Det var den dagen då avdelningen skulle färdigställas inför semesterstoppet. Nu blev det med skam han blev tvungen att gå in på kontoret och be om en veckas extra ledighet "Skall med familjen på bilresa i Europa". Efter inledande protest blev hans begäran högst motvilligt beviljad. För förmannen, som själv var ivrig resenär, blev nog L:s motiv det som fällde avgörandet. En biltur genom Europa var vid den tiden ganska ovanligt. Detta var en tid då charterresorna med flyg ännu var en okänd företeelse.

*

Då resan blev hans första besök utanför Sverige, blev den därmed fylld av upptäckter och överraskningar. Första övernattning gjordes på en campingplats i Hamburg. Där fanns ytterligare en svensk bil på andra sidan gräsmattan, några äldre killar och tjejer. Det enda minne han har av dem är de bananformade brösten. Den ena tjejen, hon var nog blond, hade bananformade bröst, vilket han kunde konstatera då hon tämligen oblygt bytte om bakom tältet. Första kvällen for föräldrarna iväg för att beskåda Reeperbahn, något som inte ansågs lämpligt för en 15-åring. Han fick stanna på campingplatsen. Dagen därpå var det besök på Planten und Blomen, något som ansågs lämpligt för en 15-åring men som han tyckte var totalt trist. Han lämnade Hamburg med de bananformade brösten som enda minne.

När de färdades på autobahn på väg söderut, var personbilarna ganska få. Tyskland hade ännu inte hämtat sig från krigets ekonomiska ödeläggelse. Den stora närvaron av militärfordon blev därför mer iögonfallande. US-army fanns överallt, på vägen i kolonner och bredvid vägen vid egna bensinpumpar. Om någon då sagt att Autobahn ägdes av amerikanska armén skulle han nog ha trott på det. Osäker på vägen viker far in på en av de amerikanska bensinmackarna. Där möttes de genast av en jättestor kolsvart militär. "You can't stop here sir, army vehicles only!" "Vi ska bara titta på kartan." "You have to move on sir!" "Ja, ja." Så småningom fann de en rastplats där far kunde konsultera kartan. Bredvid rastplatsen låg en amerikansk bilkyrkogård. Att se alla dessa amerikanska bilar, som för européer var lyxbilar, staplade i högar ovanpå varann! Det var en nästan overklig syn för en femtonåring som just knegat ihop till en egen moped och brukade smygläsa HOT-ROD Magazine i tidningskiosken. Synen blev oemotståndlig! Medan familjen monterade sitt campingbord och förberedde lunchen, gav han sig iväg. Utan lov klättrade han över staketet in bland bilarna och lyckades få med sig några förkromade emblem därifrån, Impala, Thunderbird? Minns inte... Satte upp dem på rummet, var tog de vägen?

Familjen lyckades ta sig över alperna med 2-takts Saaben. Det var inte utan svårighet då motorn hela tiden överhettade på väg upp för dessa, till synes, oändliga serpentinvägar. Då, under tidigt sextiotal, hade ännu inte några av alla de tunnlar som senare skulle förbinda norra Europa med Medelhavet blivit anlagda. Väl inne i Italien blev hans första intryck alla dessa husruckel fulla med ärr efter artilleribeskjutning. Han förstod att detta var rester av andra världskriget vilket föreföll honom egendomligt då kriget slutade innan han blev född. Några jämförelser med återhämtningen i det Tyskland de just lämnat gjorde han inte.

När de första gången skulle tanka fick han till stor förvåning märka intresset för deras bil. Orsaken förstod han så småningom — Erik Karlsson hade vunnit Monte Carlo rallyt samma år i en 2-takts Saab. De kunde knappt komma iväg från macken. Det var nog första gången italienarna såg en 2-takts Saab, de blev behandlade som om de kommit i en Rolls Royce. Omgivningen samlades för närmare titt och ivrigt kommenterande, att ingen i familjen begrep ett ord av vad de sade tycktes inte bekomma dem det minsta. Helt annat blev det senare samma dag då de skulle betala färjebiljetten till Lido. Då avgiften baserades på bilens längd hade kontrollörerna redan en färdig taxa för de flesta kända bilarna, men när det kom till deras bil blev de uniformsklädda kontrollörerna tvungna att ta till måttbandet. Efter visst palaver kom de fram till en avgift som var högre än andra uppenbart längre bilar. — Berömmelse kan ha sitt pris.

De fann en plats på öns campingplats, där de reste sitt familjetält. Platsen visade sig senare vara full av råttor stora som mindre katter, där de levde kring en närbelägen soptunna. Det var värmebölja på Lido och det blev snabbt olidligt varmt i tältet. Det enda sättet att få lite svalka var i vattnet. Det var där, på stranden, han mot alla odds träffade på en arbetskamrat, en italienare som arbetade på bandet. De kände igen varann och hälsade båda förvånade. L finner ingenstans att dra sig undan. För en femtonåring som redan upplever att allt skaver blir det för mycket, han protesterar inombords och blir till besvär, ett enda stort besvär. Resultatet av hans livslånga andliga isolering gör sig gällande när han inte kan undkomma omgivningen. I ett försök att slippa från familjen vandrar han ensam iväg ut mot lagunen. Lido med sina blankpolerade mahognybåtar, sitt kasino, sin lyx och sina ilsket visslande vitklädda trafikpoliser. På denna plats avvek allt från det han var van vid. Han stannade för att titta på en ensam dressyrryttare, han var mycket elegant. En elegant mörk man på en elegant vit häst, en man från en annan värld än hans. "Vad gör jag här, kunde lika gärna ha stannat hemma", tänker han. Här var allt så exotiskt, men ointressant. Det var en värld han inte kunde förstå, en värld som var honom totalt obekant och därför blev ointressant. Det var inte till dessa upplevelser hans längtan gick. Det var till gemenskap han längtade, en längtan som skulle komma att bli mycket långvarig. Just i den stunden där på Lido skulle han tveklöst bytt ut Venedig med alla dess skatter mot en enda smekning från en vacker flicka.

Familjen gjorde flera båtturer in till den gamla staden. Han minns inte så mycket av dessa turer eller av Venedig. Markusplatsens överdåd och dunsten från kanalerna var det som fastnade i minnet. Här uppstod också ett vagt doftminne. Det uppkom troligen då han vid något gatuhörn för första gången åt pizza. Något minne av hur det smakade eller om han tyckte om det finns inte kvar. Men något förknippar det där vaga doftminnet med pizza, kanske är det den aparta doften från pizzaståndet blandat med det omgivande vattnets unkna doft. När han ser bilder eller inslag från Marcusplatsen vet han att han varit där men kan inte återkalla ett enda specifikt minne från besöket. Men ändå, trots allt— visst skulle han minnas besöket på Lido och Venedig, minnas för resten av livet.

På vägen hem övernattade de på en campingplats vid Heidelberg alldeles nära floden. Campingplatsen var full av amerikanska kvinnor gifta med militärpersonalen på stället. Det var varmt och han beslöt att bada i det med all sannolikhet hälsovådliga becksvarta flodvattnet. Senare stod han, som vanligt ensam, och hängde vid campingplatsens centrum. På avstånd betraktade han en flicka som lekte med en boll, hon var vacker, "så vacker" tänkte han. Plötsligt kommer bollen rullande mot honom, någon annan, inte han, springer fram och tar upp bollen. Latinskt chevalereskt återlämnas den, flickan rodnar. L förstår allt men vågar inget visa, istället låtsas han inte förstå något. Hur de sedan tog sig från Heidelberg vidare till Sverige är helt borta ur minnet. Övernattningen i Heidelberg är det sista minnet av de få han har från denna långa färd genom Europa.

Väl hemma vidtog vardagsrutinen, så vitt han nu

kan minnas, utan någon förändring vare sig till det inre eller yttre. En lång bilresa genom fem länder som, tycktes det honom då, inte hade erbjudit mycket och efterlämnat än mindre. — Ja, det var ju de där förkromade bilemblemen som senare försvann. Men, som synes, i tidens återsken har den resan efterlämnat ett evigt avtryck. Bland annat ett för alltid ihågkommet missstag som uppdagades först efter hemkomsten. Under hela resan hade far förevigat deras olika uppehåll och besök med sin nyligen inköpta tyska småbildskamera. För framtida projektioner skulle resan sparas på diapositiv film. Att så inte varit fallet upptäcktes då filmrullarna återkom från framkallningen. Nu visade sig flera filmer vara oexponerade! Far hade helt enkelt inte laddat in filmen på ett korrekt sätt och i god tro fotograferat med en kamera utan film. Efter denna unika resa fanns nu inte mer än sporadiska bildminnen bevarade. Detta gjorde bara L ytterligare övertygad i synen på far som en dilettant.

*

Något halvår senare, av klädseln att döma måste det vara en sen höst eller vinterdag, han har fortfarande ett tydligt minne av hur han står på bussen på väg till arbetet. Han var iklädd sin gröna fodrade koreaduffel. Det var en helt vanlig dag, klockan var tjugo i sju på morgonen och han stod inklämd i den sedvanliga trängseln på bussen. Framför honom stod en liten slank kvinna som han kände igen. Hon jobbade på bandet, det var där han sett henne. Hon var ganska tilldragande, i tjugofem-års åldern, mycket mörk och av utländsk härkomst.

Då de skulle av på samma ställe och hon inte rörde sig när bussen stannat blev han först irriterad, rädd att inte hinna av. "Varför rör hon inte på sig! Står hon och sover?" Angelägen att nå utgången i tid pressade han på för att få henne att röra på sig, men istället pressade hon mot? Plötsligt gick det upp för honom — Något som kvinnan framför givetvis varit medveten om en god stund. — Han hade en rejäl erektion! Den var omedvetet framkallad av den hårda press han varit utsatt för. Upptäckten följdes omedelbart av insikten, hon pressade mot helt medvetet! Skärrad av tanken att bussens dörrar när som helst kunde stängas försökte han nu desperat trycka henne framåt, men hon vägrade röra sig ur fläcken. Det var inte förrän i allra sista stund hon lösgjorde sig, snabbt trängde sig fram och av bussen, själv hann han precis av innan dörren slog igen. Då var hon redan femtio meter framför honom, nervöst halvspringande. Han tyckte att hon föreföll närmast förskräckt över vad hon dristat sig till.

Bevekelsegrunderna för hennes uppförande efter att de lämnat bussen var kanske inte det han först tänkt sig. Detta blev han varse några veckor senare då de åter träffades på bussen, denna gång när de var på väg hem. När någon steg av stod hon där plötsligt just framför honom och då han inte sett henne tidigare blev han överraskad. Nu var det ingen trängsel, ett problem hon löste genom att vrida sig ett halvt varv så att hennes vänstra arm kom att befinna sig helt nära hans underliv. Med blicken stint riktad ut genom bussrutan och ett närmast frånvarande ansiktsuttryck flyttade hon omärkligt sin vänsterarm ut från kroppen till dess att utsidan av hennes hand vilade precis mellan hans ben och sakta pressade hon handen mot hans skrev. Hon kan inte ha blivit besviken då han så snart han förstod vad hon höll på med fick full erektion. Fortfarande med samma uttryckslösa ansikte stod hon så, helt stilla, med yttersidan av sin hand hårt tryckt mot hans kuk ända till dess att hon lämnade bussen. Hans första tanke var att hon inte hade kunnat känna mycket med sin behandskade hand mot hans tjocka duffel. Men han förstod ju genast att detta för henne så väl som för honom framförallt var en rent mental och ömsesidig upplevelse, det sinnliga blev väl mer som grädde på moset.

Erfarenheten han haft på bussen av en kvinnlig passagerare som utnyttjade situationen visade sig inte vara så unik som man i förstone skulle kunna tro. Vid ungefär samma tid hände honom något liknande, om dock inte så utstuderat. Det var en kväll på väg hem med bussen. Han hamnade så att han fick sträcka sig för att nå en stolpe att hålla fast vid. Osäker om det vidare händelseförloppet, har han nu bara ett minne av en vacker flicka i hans egen ålder som stod framför vänd mot honom. Efter en stund blev han medveten om att hon uppenbarligen tryckte sitt ena bröst mot hans utsträckta arm. Han tittade på henne. Ansiktsuttrycket avslöjade tydligt att hon var mycket medveten om sitt handlande. Det visade sig att de skulle kliva av bussen på samma hållplats. Hon var steget före honom och så fort hon kom ner på marken började hon springa i motsatt riktning mot hans väg hem. Han fick intrycket av att det hela skett spontant och att hon inte ville eller vågade inleda någon vidare kontakt.

SEX

O förmågan att ta sig upp från botten av den käns-
lornas ravin han glidit ner i, stred mot hela L:s
intellekt. Han bara måste upp därifrån, om inte på
den ena sidan så på den andra. Han visste att han
kunde bättre än så här och drevs av en mäktig vilja att
visa detta genom att ta sig vidare. Den bakomliggande
drivkraften förblir oklar, man kan bara spekulera över
bevekelsegrunderna. Kanske var det en omedvetet
önskan om förändring baserad i den så vanliga tron
att det måste vara grönare på andra sidan. Eller var
det helt enkelt ärelystnad som drev honom. En stark
vilja att ersätta den inre tomheten med en yttre
glans? Troligtvis var det nog både och, men sett i
backspegeln blev nog ärelystnaden alltmer dominant
med tiden.

Hur som helst så blev dagarna som springpojke på
verkstadsgolvet bara alltför enahanda och han behöv-
de något mer utmanande. Första steget blev att lämna
in en intresseanmälan till företagets treåriga yrkes-

skola. Hans visade intresse gav utdelning och han blev han antagen som elev på yrkesskolan. Efter ett år av bärande och springande, kunde han direkt efter semestern börja sin nya utbildning, något som på många sätt också blev till ett nytt liv. Nu skulle han tillbringa de kommande tre åren på skolan och praktisera på företagets alla olika avdelningar. Därmed slapp han det tidigare själsdödande jobbet. Istället blev det nu nya och omväxlande arbetsuppgifter, något han tyckte om. Inte minst kom lärlingstiden att innebära stora förändringar i hans sociala liv, både på och utanför arbetsplatsen. Han fann sig plötsligt vara en del av en grupp i hans egen ålder, något som satte en definitiv punkt för den årslånga totala avsaknaden av umgänge med jämnåriga som varit så fördärvlig. Men den nya situationen fick trots detta bara en partiell påverkan på hans inre utveckling. Nödvändigheten att dölja sitt förflutna för de andra lärlingarna tog nu överhanden. Hans redan till perfektion utarbetade mask kom nu till stor nytta.

Han började gå på bio med Hans Stolt, de båda delade en social osäkerhet men var i övrigt ganska olika. Hans var en extravagant alltid animerad person som det var lätt att komma överens med. Han hade, i likhet med L, en fäbless för ytterligheter i frisyr, klädsel och beteende som, skulle det visa sig, kanske blev hans öde. Bion blev för de båda ett sätt att undvika de dansställen dit många nu börjat gå, ingen av dem kunde dansa och båda saknade nog ambitionen att förändra den situationen. Flera år senare hemma på permission från flottan stötte L på några arbetskamrater som då kunde berätta att hans far hittat honom död innanför dörren till Hans lägenhet, enligt obekräftade rykten av en överdos. Att Hans, som så många på den tiden, experimenterade med droger visste L men om det var en olyckshändelse eller självmord fick han aldrig veta. L:s egna erfarenheter av droger kom att inskränka sig till något enstaka tafatt försök med marijuana. Droger gick helt enkelt inte att kombinera med det ständigt nödvändiga behovet av kontroll han underkastade sig.

Klasskamraterna på yrkesskolan var ett disparat gäng. Rikard som en dag visade upp vad som uppenbarligen var ett urklipp av något stjärnporträtt och hävdade att det var hans flickvän, blev hånad framförallt av Hans. Hans och L med sitt utmärkande yttre, L hade då börjat köpa kläder från ett postorderföretag som specialiserat sig på det mer extroverta. Kanske var detta ett försök av de båda att genom ett iögonfallande yttre försöka kompensera för en inre brist. En annan pojke i årskursen var Stefan Larsson som alltid såg ut att komma i nya kläder och direkt från frisören. Han var alltid oklanderligt klädd och aldrig med ett hårstrå på avvägar, men sådan var ju Stefan, ingen tänkte mer på det. Det förekom att L tillsammans med någon av de andra gick på något lokalt evenemang eller att de besökte varandra i hemmet, det senare endast enstaka gånger. Vid två tillfällen körde han på sin moped hem till Rune som bodde i en närliggande stad. Efter ett år, när en ny årskull började på skolan, lärde han känna en av de nya eleverna och en långvarig vänskap kom att utvecklas. Vale, som han hette, drog in honom i sitt stora intresse för fotografering. Detta passade L bra och deras utflykter minns han fortfarande i enbart positiva färger.

Det hade börjat två flickor på verkstadsskolan, en nyhet för tiden. L tillhörde de utvalda, något han ofta kom att uppleva framöver. För de flesta skulle väl ett sådant sakernas tillstånd stärka självförtroendet, men för honom ökade detta bara behovet av att hemlighålla vem han egentligen var. Ja, vem han var visste han ju inte själv, så vad som hemlighölls var oklart men hemligt var det. Kanske hans beteende bättre kunde beskrivas som livslögn. Det var inte för flickorna eller omgivningen han ljög, det var för sig själv. Det var först nu han blev medveten om kraften i ögonkontakt, något han tidigare omedvetet undvikit. Nu när han märkte dess kraft i utbytet med flickorna, blev detta ett tillskott i arsenalen av verktyg i förställningens tjänst. Denna kraft kom han senare att utnyttja om än inte alltid med de resultat som kvinnorna väntat sig. L:s bekymmer med flickorna i klassen blev kortvariga, då ingen av dem stannade länge på verkstadsskolan. Samma öde drabbade den flicka som började året därpå, kanske var tiden inte mogen för dessa tidiga försök till frigörelse. Men han erinrade sig upplevelsen av flickorna på verkstadsskolan när han många år senare lärde känna en homosexuell man som kunde berätta om liknande erfarenhet av popularitet bland flickor. När mannen, i tron att intresset skulle upphöra, berättade för flickorna att han var bög tycktes detta bara ytterligare stärka deras intresse. Denna berättelse fick L att fundera över kvinnors motiv och deras, i hans fall, kanske helt felaktiga antagande avseende drivkrafterna bakom hans så ofta avvisande hållning.

För L blev dansen som simningen, en kvalfylld upplevelse. Om än inte lika utdragen som simundervisningen. Det visade sig stört omöjligt att lära sig dansa, det avslappnade tillståndet, om än bara motoriskt, som krävdes gick inte att förena med den totala kontroll han numera alltid var underkastad. Det tättslutande höljet spjärnade emot och rörelserna blev stela och ryckiga, som en ryckig robot rörde han sig över dansgolvet. Omgivningens deltagande överseende tog kål på honom och efter några enstaka försök flydde han fältet. Trots detta tackade han ja när Stefan frågade om han ville åka med till en av de lantligt belägna dansrotundor där det bedrevs lördagsdans. — Lika lättfångad inför vissa erbjudanden som han var avvisande inför andra var symptomatiskt för L:s många gånger obegripliga beteende.

De hade bestämt att träffas vid badplatsen i det lilla samhälle utanför staden där Stefan bodde, därifrån skulle Stefan visa vägen hem till sig. Efter en slingrande mopedfärd på småvägar nådde de målet. Väl där bjöd Stefan på vodka som han stulit ur sin fars förråd, små mängder för att undvika upptäckt, berättade han. Det var första gången L drack sprit i avsikt att berusa sig. Efter någon timme tog de mopederna och gav sig av på en skogsväg som enligt Stefan var en genväg till den buss som skulle föra dem fram och tillbaka till kvällens evenemang. På den slingriga skogsvägen kände han av vodkans verkan och var tacksam över att inte ha druckit, eller snarare blivit bjuden på, mer. Bussen visade sig vara specialchartrad för att varje lördagskväll köra omkring i trakten och plockade upp danslystna ungdomar. När de två klev på var den redan halvfull av högljudda mer eller mindre berusade pojkar och flickor. Han förstod att detta var en vanlig företeelse här ute och att det var så här Stefan brukade tillbringa sina lördagskvällar. För L var detta något helt obekant och redan på bussen började han känna sig malplacerad.

Framme vid målet fick han erfara vad ordet dansrotunda betydde. Det hela bestod av en stor rund träbyggnad innehållande en scen, ett stort runt dansgolv kringgärdat av en balustrad och ett smalt område mellan balustraden och ytterväggarna. Något annat fanns där inte, varken garderob eller servering, där fanns inte ens stolar och bord att slå sig ner vid. Här dansade man eller gjorde ingenting. På scenen satt en dansorkester och spelade musik som han inte i sin vildaste fantasi kunde förestälta sig kunde attrahera yngre människor. Senare har han förstått att han hade fel. Stefan klädd i kostym, vit skjorta och slips dansade utan avbrott, själv gjorde L ingenting under de fyra timmar det hela varade. Det tog tid innan han insåg att nästan alla var uppklädda utom han själv. Stefans klädsel för kvällen hade han tidigare inte tänkt på, då Stefan alltid var strikt och oklanderligt klädd, även på jobbet.

Det var med stor lättnad L steg på bussen och började sin hemfärd från denna smått surrealistiska upplevelse. Allt detta kunde ha undvikits om han tänkt genom erbjudandet innan han tackade ja, men så tänkte inte L. När han vaknade morgonen därpå, kände han att detta var en erfarenhet som gjort honom klokare. Nya, tidigare okända, erfarenheter upplevde han vanligtvis positivt. Allt han kunde tillägna sig från upplevelser med andra användes och blev styrkande i det egna bekräftelsebehovet.

Något år efter denna händelse, endast 19 år gammal, gifte sig Stefan Larsson vilket var ovanligt tidigt även på den tiden. En kort tid efter bröllopet uteblev Stefan från jobbet utan att någon visste varför. Några dagar senare kom det två okända personer för att samtala med avdelningschefen bakom en stängd dörr. Så snart de båda männen gått spreds snabbt ett ryckte att besöket hade med Stefan att göra och att de båda besökarna var civilklädda poliser. Efter mycket hysch-hysch fick man så småningom höra vad som hänt. Stefan Larsson satt anhållen för mord på sin fru! Genast spreds ryktet över hela företaget att han hade ertappat frun med en annan man, förlorat besinningen och strypt henne med en nylonstrumpa. Allt detta blev aldrig till mer än hörsägen. Hur mycket som var sant, om ens något, av det som ryktet påstod fick man aldrig veta. Det uppenbara inskränkte sig nog för de flesta till det fängelsestraff som Stefan så småningom dömdes till. Från början var det ingen som kunde säga att de upplevt honom uppträda annorlunda eller egendomligt dagarna innan. Men så snart man fått veta vad som hänt började det pratas om Stefans avvikande beteende, vilket då plötsligt fick märkvärdiga proportioner. Man hörde aldrig något mer från honom. Många år framåt kunde L ibland dra sig händelsen till minnes och tänka, "vad månne ha blivit av hans liv?"

Man kunde tycka att dessa omgivningens livsöden skulle relativisera hans egna upplevelser av misslyckanden, men så var aldrig fallet, känslor mäts inte med tumstock eller vägs på balansvåg. Dessutom misslyckades L mycket sällan. Genom år av träning hade han blivit alltför bra på förställningens svåra konst för att trampa fel. Men framtiden skulle visa att alla problem inte var avhängiga förställningskonsten.

Nu vill väl alla veta hur en människa som L hade

det med kvinnor. Ja, vad är att säga, varje gång var lika svår, lika oöverstiglig. Det sökta var av det absoluta slaget, överspänt romantiskt. Med det utgångsläget måste, med nödvändighet, resultatet alltid leda till besvikelse. Det uppnådda blev alltid högst relativt. Det sökta målet — Gemenskap och sammanhang. — lös med sin frånvaro. Det sökta var helt enkelt inte förenligt med hans totala förställning. Varför han aldrig upptäckte detta så uppenbara motsatsförhållande måste tillskrivas hans inre självbedrägeri som alltid höll jämna steg med den yttre förljugenheten. Den mask han antagit var han oförmögen att lägga av. Priset för den ogenomträngliga fasaden blev ett tillstånd där han inte kunde leva ut sina känslor. Undantaget var vreden, den kunde han inte innesluta, när den kom så var det som okontrollerade utbrott.

Kärlekslösheten var ju uppenbar, inte bara till kvinnor men överhuvudtaget. Kanske var det som en motvikt, eller som ett omedvetet försök till kompensation, han utvecklade en romantisk syn på de delar av tillvaron han var utestängd från. Detta gjorde sig gällande på många områden. Inte minst på den musik han kom att föredra. Men också i förhållande till film och litteratur fanns där en orealistisk syn. Han var fullt medveten om bristen på realism i sin livssyn. Speciellt det förhållande till kvinnor som han döpt till Jesussyndromet. Detta syndrom i L:s egen tappning är egentligen ett sätt att uppfatta kvinnan som en oförmögen sökare. Om hon bara gav sig hän åt L så skulle han "frälsa henne från allt ont". Denna psykologiska vantolkning av sin egen roll i förhållande till kvinnor ledde till att han upplevde sitt beteende gentemot flickor, i likhet med det mesta av det egna livet, som misslyckat.

Den katastrofala inledningen efter flytten till födelsestaden, hade effektivt kapat alla band bakåt utan att kunna skapa ett enda nytt. Det var ur detta den stora förställningen föddes och med den det allomfattande och helt nödvändiga kontrollbehovet. Med tiden fick han ett obegränsat, och välgrundat, förtroende till sin förmåga att förställa och kontrollera... Även i intima situationer. Flickorna han träffade, ofta mer eller mindre förälskade i honom, kunde berätta om sitt förflutna. Själv hade han inget förflutet, i alla fall inget att berätta om. För honom var det inte i första hand det tidigare livet som skulle döljas, det var bristen på ett sådant liv. Frågorna från dessa flickor fick besvaras med en blandning av undflyende och påhitt. Lättaste och kanske enda vägen, blev att gå vidare.

Alla långvarigare förhållanden med dess oundvikliga själsliga intimitet blev omöjliga, korta sexuella kontakter var vad som återstod. Varje möte lämnade efterverkningar som garanterade engångsföreteelse. Ja, det var som om det var bestämt i förväg tyckte han. För motparten måste allt ha tett sig annorlunda. Hur annorlunda måste ha skiljt sig åt beroende på hur livslögnen gick hem, i vilken grad de såg genom skalet och upptäckte något där inne och i så fall hur de tolkade det de upptäckt.

Hela detta massiva undflyende. Med förställningens ständiga tillväxt hade det efterlämnat alltmer oönskade effekter. Vem han än var så inte var det detta! Det skapade en tillvaro vars begränsningar blev till en källa för ständig ängslan. Hans liv blev till något som han var så illa tvungen att dagligen och stundligen konfrontera. Något val fanns inte då konsekvenserna — Med rätta, skulle det visa sig. — upplevdes som katastrofala. Förställningen hade blivit till en nödvändig och önskvärd natur, något som, med samma nödvändighet, skapade en mycket negativ kultur, något över tiden skadligt. Ibland kände han sig som en kasperdocka med den fatala skillnaden att han för länge sedan förlorat kontrollen över den osynliga hand och röst som gav dockan liv.

Om nu någon upplever en brist på detaljer runt hans olika kvinnoaffärer måste det påpekas att L under hela sitt liv alltid varit mycket förtegen avseende sina förehavanden i sängkammaren då denna aktivitet alltid inneburit risk för avslöjanden rörande hans väl dolda idiosynkrasier. Utåt förklarade han alltid sin hållning som respekt för motparten. Detta var en hållning som även senare, när det ursprungliga kontrollbehovet reducerats, uppehölls. Han kände helt enkelt aldrig för att lämna ut sitt sexliv i något sammanhang. Så något utöver mer övergripande beskrivningar av detta skall läsaren nog inte vänta sig här.

När han en dag stod och hängde i ett av fabrikens rökrum hamnade framför honom en mörk skönhet i han egen ålder. Medan han givetvis stod tyst och bara försökte väcka så lite uppmärksamhet som möjligt, började en något äldre pojke genast prata in sig. När skönheten återvände till sin arbetsplats, via en smal spiraltrappan av järn, kunde man se upp under hennes kjol. Mycket medveten om detta stannade hon till , tittade ner och gav den andre ett inbjudande leende. Själv kunde L lika gärna vara osynlig, vilket ju var det han tillsynes önskade, medan han i själva verket inget hellre önskade än uppmärksamhet från en ung flicka. Dylika episoder lämnade alltid djupa, men för omgivningen omärkliga avtryck. Att han redan samma vecka blev hembjuden till en finsk gästarbeterska vägde lätt i vågskålen.

Som ett led i utbildningen hade han kommit att arbeta bredvid denna finska, en mycket välskapt kvinna i tjugofem-års åldern som pratade mycket lite svenska. Redan andra dagen frågade hon om han ville komma hem till henne på kvällen. För L var hon mest en äldre kvinna men när hon nu tog hela initiativet, och en annan lärling dessutom hört hennes fråga, återstod bara att tacka ja. — När ett nej skulle väcka uppseende tackade han alltid ja, till alla förslag. — Hon ville bara ha sex, om det var libido eller ensamhet var inget som han då reflekterade över. Själv var han mest olycklig över den förlorade skönheten i rökrummet.

Under dessa tonår tycktes omgivningen till stor del bestå av flickor. På dagen verkliga eller fantiserade och på natten drömda. Ett övertydligt exempel gavs då hela skolan vid ett tillfälle gjorde ett studiebesök hos en legotillverkare. Företaget var beläget på en liten ort där det var den enda större arbetsplatsen. Firman som bara hade en kund var arbetsgivare för en större del av kvinnorna på orten, där de flesta tillbringade dagarna vid det löpande bandet för att montera företagets enda produkt. Det var med stort intresse de yngre montörerna nu mottog en skara pojkar i övre tonåren, pojkar vilka i sin tur med ohöljt behag insöp atmosfären. Då besöket bara varade någon timme under arbetstid fick alla önskningar från båda håll förbli önskningar.

Problemet med L:s ständiga tankar på flickor var den stora diskrepansen mellan å ena sidan dröm och fantasi och å andra sidan de verkliga personer av det motsatta könet som omgav honom. På grunder han aldrig kunnat förstå var han alltid populär bland kvinnorna, ju blygare han betedde sig ju mer populär tycktes han bli. Resultatet kom att bli ett frekvent avvisande. Med risk för megalomani... Antalet kvinnor han avvisat redan innan fyllda trettio var oräkneliga, inte på grund av det stora antalet men helt enkelt därför att de mycket fort blev bortglömda. Å andra sidan har de enstaka avvisade och sedan ångrade kvinnorna blivit ett minne för livet.

*

Så snart det blev tillåtet började L övningsköra med fars Saab, en bil som då var sju år gammal och väl använd. Efter en inte alltför lång övningsperiod ansåg far honom vara redo för körkortsprovet, en bedömning som nog mest grundade sig i att L utan problem kunde hantera bilen i alla situationer. Som det skulle visa sig var detta inte riktigt vad körkortsinspektören grundade sin bedömning på. Det eftertraktade kortet krävde, förutom ett godkänt prov i teori och praktik, också ett friskintyg och en erlagd stämpelavgift. För friskintyget vände han sig till företagsläkaren för att få sin felfria fysik konfirmerad. Besöket gick som förväntat, förutom ett litet problem som emellertid kom att växa med åren och förfölja honom under många år.

L anlände till företagshälsovården i god tid och anmälde sig hos sköterskan som efter inskrivning räckte honom en pappmugg, visade på en toalettdörr och bad honom lämna ett urinprov. Problemet kom så snart han låst dörren och fått ner byxorna, hur han än försökte så var det stört omöjligt att pressa fram en endaste droppe. Tanken på den väntande sköterskan framkallade en nervös blockad, men som väl var också en tarmreaktion som gjorde att han i en hast fick sätta sig. Det blev räddningen, för samtidigt som han tömde tarmen kunde han få fram de eftertraktade dropparna. Innan han hunnit få upp byxorna knackade den undrande sköterskan på dörren, snabbt fick han upp både byxorna och dörren, där han möttes av hennes undrande blick.

Detta borde ju inte vara mer än en episod, men för L blev det till en katastrof. För första gången hade något hänt som han dittills trott vara omöjligt, han hade inte kunnat kontrollera sin egen kropp. Hans liv byggde på en heltäckande förställning vilken förutsåg en ständig och full kontroll av både kropp och psyke. Nu hade ett monster visat sig i skogsbrynet, ett monster vars verkliga storlek han först skulle få erfara många år senare. Att inte kunna lita på sin kropp eller rättare sagt på dess reaktioner i en situation då reaktionerna inte kunde döljas! För en människa som lever i en tät väv av bedrägeri blir varje maska till en potentiell reva som när som helst kan få hela höljet att rämna. Förlusten av kontroll, även i det minsta av livets bisaker, kan därmed lätt leda till ett katastrofalt fall, därav detta trauma.

Genom ett idogt elaborerande hade L lärt sig bemästra varje tänkbar situation, hans tilltro till sin förmåga härvidlag hade, dittills, varit välgrundad. Trots varningssignalen han fått den dagen hos företagshälsovården, skulle det gå ytterligare tretton år innan hans falska självsäkerhet skulle avslöjas. Det var inte förrän han nådde vägs ände och kollapsade. Först då uppdagades vidden av hans felaktiga antagande. I den stunden skulle kausalitetens nakna grymhet visa hur illa underbyggd denna självsäkerhet varit. Hans mors reaktion vid det tillfället blev också något som för alltid skulle fastna i minnet. Hon uttryckte då stor förvåning med orden "Du som alltid varit så stabil" — hans egen mor! Men redan den dagen hos företagshälsovården hade det uppenbarats en spricka i skalet, som när den väl upptäckts blev till ett ständigt orosmoment.

Dagen när körkortsprovet skulle avläggas var han till en början nervös men samlad. Den teoretiska delen var lätt avklarad. Därefter skulle det praktiska provet avläggas inför körkortsinspektören. Denna uppkörning gick så till att alla aspiranterna samlades på ett kafé varifrån de i grupper om fyra och fyra gav sig iväg. När en grupp var avklarad hämtades nästa upp. L som till skillnad mot de övriga anmält sig som privatist, inte via någon körskola, måste hålla med egen bil och fick därmed vänta till sist. Att betala för körundervisning hade han redan från början upplevt som meningslöst, att lära sig köra bil kunde han göra utan hjälp. Det var fars bil som skulle användas och som placerats utanför kaféet dagen innan av far. Efter mer än en timmes nervös väntan blev det då äntligen hans tur. När de väl satt sig i den gamla Saaben påpekade inspektören direkt att en av de yttre backspeglarna var spräckt och obrukbar. "Det hände för någon dag sen, vi har inte hunnit få det reparerat till idag", ljög L. Den långvariga spänningen, och backspegeln, gjorde att han nu inte förmådde hålla koncentrationen under körningen. "Du kör mycket bra men du körde för fort", blev trafikinspektörens bedömning. Han blev underkänd!

Det var bara att bita huvudet av skammen och återvända till arbetsplatsen, och där inför förväntansfulla arbetskamrater erkänna misslyckandet. På så sätt kom den första besvikelsen att snabbt ersättas av praktisk handling. Redan dagen därpå betalades ny stämpelavgift och ny tid för uppkörning bokades. Nästa försök blev i stort sett en upprepning av det förra, denna gång dock med ett nytt glas i backspegeln. Nu var han i upplösningstillstånd redan från början men lyckades med överdriven försiktighet undvika de tidigare misstagen. "Du kör mycket bra men du bör följa trafikrytmen bättre," ansåg denne inspektör. "De tyckte jag körde för fort förra gången", svarade L med uppenbar förtvivlan. "Jag misstänkte det, ja, här har du ditt körkort". Jubel inombords, han hade sitt körkort!

*

När L började sitt andra år på yrkesskolan lärde han känna Vale Öhberg, en av de nya eleverna. Det blev en vänskap som kom att bestå under mer än sex år. De var egentligen ganska olika, de båda. Vale kom från ett hem där uppkomlingens massiva borgerlighet rådde, där flit och ordning inte bara premierades men krävdes. Trots de sociala skillnaderna förenades de av en intellektets gemenskap. De uppskattade varandras sällskap, men någon djupare vänskap kunde det aldrig bli. De förenades i fritidsaktiviteter, hobbyintressen och de delade sina drömmar om motorcyklar. De spenderade mycket tid tillsammans men aldrig föreslog någon av dem ett gemensamt besök i nöjeslivet som vid den tiden bestod av bio eller dans. Båda kände att de där inte hade något gemensamt.

Vale ägde en trygghet som gjorde att han på ett självklart sätt fick en flickvän som han senare gifte sig med. Med henne skaffade han barn och de flyttade så småningom ut på landet. L och Vale kom att gå skilda vägar då Vale lämnade barndomshemmet och flyttade ihop med flickvännen ungefär samtidigt som L började studera på kvällstid.

Paret hade fått tag i en hyreslägenhet nära den etta som L då hyrde i andra hand. Vale hade lånat en mindre skåpbil för flytten. L som hjälpte till fick inte plats i bilen så han följde flyttlasset på sin motorcykel. Det var en helt ny Bonneville som han köpt genom att byta in sin gamla traja. Vid ett tillfälle när de kom ner på gatan för att bära upp en ny omgång möbler hade det samlats några män runt L:s motorcykel. De hade troligtvis sett den skinande motorcykeln från

125

fönstret på den klubb som fanns i bottenvåningen på huset. Nu stod de tätt samlade runt hans motorcykel och en av dem provade att dra i gashandtaget. L for genast ut i högljudda hotelser mot dem om de inte genast lämnade hans motorcykel. I nästa stund märkte L hur besvärad Vale var inför sin blivande fru och han insåg hur överdrivet han betedde sig. Det var inte första gången han inför Vale visat upp ett obehärskat beteende. Vid ett tidigare tillfälle råkade L i gräl med en arbetskamrat och tillgrep då hot om våld, detta mot en man som med en hand kunnat krossa honom. Detta skedde inför ögonen på Vale och L uppfattade i ögonvrån hur Vale hade svårt att hålla sig för skratt. Vid båda dessa tillfällen väckte Vales reaktion något mycket obehagligt till livs inom L, något som fick honom att, i ögonblicket, se sig själv i all sin ömklighet. Det var mycket smärtsamma och för alltid kvardröjande ögonblick.

Lördagen efter flytten var L hembjuden till Vales nya hem, han var enda gästen. De bjöd på mat och sprit. Fortfarande ovan vid alkohol drack han alldeles för mycket och det var i ett kraftigt berusat tillstånd han kom hem på natten. Det var första gången, men långtifrån den sista, han upplevde hur dåligt han tålde alkohol. Om detta hade att göra med det försvagade kontrollbehovet var oklart, troligen inte, det var nog helt enkelt hans konstitution. Under hela söndagen och den påföljande natten mådde han så dåligt att det var med nöd han lyckades ta sig till jobbet på måndagsmorgonen. Denna bjudning kom att bli en av de sista gångerna han och Vale träffades.

SJU

Yrkesskolan hade L klarat bra. Även om han saknade den medfödda talang några enstaka kunde uppvisa, så hade han en naturlig läggning för hantverk. Detta, tillsammans med stor ambition och snabb absorptionsförmåga, resulterade i att han vid avslutningen var en av få som erhöll premie.

Nu ville han inte vänta på att bli inkallad till värnplikten vid den normala åldern. Varför denna brådska? Ambitionen framstår här som drivkraften. Han drevs hela tiden av en stark önskan efter mer kunskap, utbildning och därmed följande karriär. Kanske sökte han efter bekräftelse genom framgång i yrkeslivet, ett omedvetet försök att kompensera för känslomässiga brister, med visad intellektuell förmåga. Denna hållning skulle få stor betydelse många år framöver. Det är i det ljuset man skall se både brådskan och valet av militärtjänst. Medan andra valde det till bostadsorten närmaste förbandet och den kortaste tjänstgöringen, valde han en mycket lång tjänstgöringstid på längre avstånd från hemmet.

Mönstringen var en obeskrivlig upplevelse. Hundratals artonåringar tvingades, spritt nakna, springa upp och ner på iskalla stentrappor i ett nedgånget sekelskifteshus för att genomgå en ganska summarisk fysisk examination. Under detta skede blev han också tvungen att stå i en många meter lång kö för att lämna ett urinprov. Naturligtvis dök traumat från tidigare urinprov upp men hur han denna gång tråcklade sig ur dilemmat är glömt. Smärtfriare gick det intelligensprov som också skulle genomgås. Han fattade genast att det här gällde att inte fastna på problem men att snabbt gå vidare för att hinna få ihop maximalt med poäng, därefter var resten lätt avklarad. Som avslutning lyckades han inför uttagningsnämnden, med sin yrkesutbildning som merit, bli uttagen till ubåtstjänst i flottan. Inte många som var mycket svagt simkunniga skulle välja den vägen.

Även här måste ha legat en önskan att utmärka sig, visa att han dög, visa att han var någon. När han valde en tjänstgöring som var tolv månader lång, fyra månader längre än normal värnplikt, fick behovet av att höja sig över mängden övertaget gentemot brådskan med vidareutbildningen. Direkt efter mönstringen skrev han till intagningsnämnden, där han med pågående studier som skäl ansökte om att bli inkallad till tjänstgöring ett år före alla andra. Då nästan alla ärenden intagningsnämnden hade att behandla avsåg ansökningar om befrielse blev hans begäran snabbt beviljad.

*

Resultatet av dessa val och önskemål var att han nyss fyllda nitton år påbörjade tolv månaders tjänstgöring i Kungliga Flottan. Här hamnade han i vad som för honom hittills varit en helt okänd värld. Alla nya och ofta helt främmande företeelser som strömmade in tvingade upp insiktens portar för den nyblivne flottisten. Vägen vidgade sig visserligen, men då den ledde till tidigare okända platser efterlämnade vandringen en vilsen upptäckare. "Vad gör jag här? Detta är mig främmande".

Redan vid grundutbildningen i Karlskrona fick han möta den hårda verkligheten. Som ett resultat satt han nu på Karlskrona Lasaretts röntgenavdelning med en näsa som svullnat i hela sin längd. Spänd som en sprickfärdig böld hade den antagit färgen av en övermogen aubergine. Näsan ömmade obeskrivligt vid minsta beröring. "Jaha, vad har hänt här", frågade sköterskan med en illa dold förutfattad mening om sjömäns vandel. "Handboll", svarade han sanningsenligt, mycket medveten om sin boxarnäsa, var det uppenbart för honom att sköterskan inte trodde honom. Han blev anvisad att sätta sig tätt intill någon typ av röntgenutrustning. "Kan du pressa ansiktet mot glaset!" Det var en uppmaning, ingen fråga, från den unga vackra blonda röntgensköterskan. Hon satt framför honom, helt nära, det var bara den där röntgenmojängen som skilde deras ansikten. "Fantastiskt vacker flicka", tänkte L och lydde henne genast genom att pressa sin sargade näsa mot glaset. Så snart sköterskan började justera apparaten upp och ner blev smärtan så intensiv att han helt omedvetet lät hela huvudet följa glasets rörelser. Det måste ha sett komiskt ut för plötsligt brast hennes ansikte upp i ett skrattfyllt leende, "du måste hålla huvudet stilla", hennes ögon glittrade och hennes röst hade mjuknat. Smärtan, den oerhörda smärtan, löstes upp av hennes leende, det var oemotståndligt — ja, hela hon var oemotståndlig. Ännu ett av alla dessa övergivna tillfällen hans liv skulle bli så fyllt av. Tiden med spräckt näsben har inte efterlämnat några andra minnen.

Stora delar av L:s utbildning i Karlskrona var av den arten att kursmaterialet hölls inlåst i kassaskåp utom under de timmar på dagen då det behövdes för teoretisk genomgång. För att ytterligare inpränta verksamhetens ytterst hemliga status så var varje sida i böckerna överstämplad med rött "Kvalificerat hemligt". Ännu i denna dag känner han inte för att närmare redovisa något av allt detta.

Under grundutbildningen skulle de också lära sig hantera automatvapen. Under stridsövningar användes lös ammunition som endast efterlämnade tomhylsor och rött plastpulver, men på skjutbanan använde man skarp ammunition. L visade upp gott resultat vid de olika momenten men när de skulle avsluta med en liggande serie på lång distans gjorde han tabben att sätta hela serien i grannens tavla. Styckjunkaren som ledde utbildningen skrädde inte orden när han hög-ljutt, inför hela gruppen, tillkännagav sin åsikt om detta. Själv kände han sig ganska tillfreds då tavlan innehöll två distinkta grupper av hål och han visste vilka som var hans — de närmast mitten.

Nästa gång han höll i ett vapen var sex månader senare då alla enheter förlagda i Hårsfjärdens örlogs-område anordnade en skyttetävling mellan de olika enheterna. Hur han kom att bli utvald som båtens re-presentant kommer han inte ihåg men vet att han denna gång på mycket lång distans sköt långt bättre än snitt och placerade deras båt på en hedrande pla-cering. Förmågan att hantera skjutvapen hade börjat redan den gången han som fjortonåring vann sin första bok i folkparken och förmågan visade sig fort-farande vara intakt fyrtio senare, då han på ett nöjes-fält utanför Köpenhamn sköt så bra att hans sällskap först skrattade åt honom då de inte kunde se en enda träff på tavlan. Det var först då han vevat hem tavlan och visade en träffbild där alla träffarna satt inom den svarta mittcirkeln som de förstod.

Under sommaren, efter det att han fått sin kom-mendering, var han på permission från någonstans i skärgården. Han och några skeppskamrater satt på den vanliga puben på Stureplan, det var tidig kväll — måste ha varit helg då de var på permis, kanske en lördag. De var minst fyra från båten och så de två flickorna, tonåringar, som bjudit sig ner vid bordet. Den ena, som var finska, berättade att hon bodde ovanpå krogen och där låg hennes barn och sov. Efter en stund bestämde sig han och Lindén för att diskret avvika, i avsikt att ge sig ut på stan. De hann bara över gatan till svampen innan de två flickorna var i fatt dem... Ja tack, oemotståndligt! Två sjömän uppträdde nu med hela säkerheten av att ha landad fångsten. Här var det nog de själva som var fångsten, men det fanns det ingen tanke på då — där på Stureplan.

Han följde med finskan upp till henne. Hon var attraktiv, brunett och med en finsk brytning som då blev till musik i hans öron. När de klev in i hennes lägenhet mötte ett lågmält gnyende från ett spädbarn som uppenbarligen var ensam i lägenheten. Hon gick in till barnet medan han slog sig ner i soffan för att vänta. Som han satt där, från början mest med den vackra finskan i huvudet, började en känsla av olust göra sig märkbar, först vag och odefinierad blev den alltefter mer påträngande. Frågande inför reaktionen började han se mig omkring och registrerade den torftiga miljön i rummet där han satt, den instängda nästan unkna atmosfären och kakelugnen i hörnet som symptomatiskt utstrålade kyla, inte värme. Efter en stund kom hon ut och urskuldade sig att hon måste ge barnet mat. Hon började fixa i köket för att efter några minuter åter försvinna in till det oavbrutet gnyende barnet. Under hennes köksvistelse förstod L att det inte var möjligt för honom att tillbringa natten där, att han inte skulle orka förklara och att hon ändå inte skulle förstå. När väl detta stod klart fanns det ingen tvekan, så snart hon försvunnit in till barnet reste han sig och med några snabba och ljudlösa steg nådde han fram till spegeldörren ut mot trappan. Tyst öppnade han trappdörren och smög ut. När han väl lämnat lägenheten tyckte han sig höra en massa ljud i trappan som då av någon anledning uppfattades som fientliga, vilket fick honom att ta trapporna ner i ett fåtal jättesprång och knuffa upp ytterdörren... Fri! Väl ute på gatan blev han stående en stund och andades in den friska välgörande nattluften innan han utan mål började gå bort mot Norrmalmstorg i hopp om att kunna tillbringa natten på drottning Viktorias örlogshem.

En kväll på hösten avbröts den dagliga rutinen ombord mycket abrupt då de fick order att hålla sig beredda på vidare besked från örlogsledningen. Anledningen blev begriplig först klockan nio på kvällen då TV-nyheterna tillkännagav att Sovjet invaderat Tjeckoslovakien. Vid midnatt kom ordern att gå till utrustningskajen och där ta ombord och ersätta de befintliga övningsspetsarna med stridsspetsar. Efter den ordern kom de att gå nästan tjugofyra timmar utan att han fick någon vila eller ett riktigt mål mat. Som kompensation fick alla inblandade senare några

134

extra starköl till den mycket försenade maten. Vad som därefter hände är glömt då händelsen inte ledde vidare. Deras vistelse i en ruta av Östersjön kom att bli mycket händelsefattig då den förberedda utvidgningen av konflikten uteblev.

De tio månaderna han tillbringade i Stockholms södra skärgård innebar mest intensivt arbete och vid några få tillfällen, genom vaktbyte, hembesök över veckoslutet. För att ge mening åt två dagars ledighet valde han företrädesvis flyg vid dessa hemresor. Vid ett tillfälle, av nu helt bortglömd anledning, blev det till att lifta tillbaka till Stockholm. Nästan genast blev han upplockad av en vit Mercedes. Föraren var en ganska intagande kvinna i yngre medelåldern som pratade på hela tiden, av honom krävdes då inget annat än ett tillsynes engagerat lyssnande. Hon skulle också till Stockholm så det blev en lång pratstund, där hon redogjorde för sitt nyligen avslutade förhållande och tidigare liv. När de hade någon timme kvar till huvudstaden stannade hon på en rastplats och bekände sin ensamhet och saknad av närhet. På samma sätt hon fört samtalet förde hon nu samvaron. Trots intensiteten och besväret i bilen kunde han inte undvika att oroa sig för konsekvenserna om han skulle komma för sent och missa Södertörnsbussarna. Detta var en av de få gånger han liftade men det blev den i särklass mest minnesvärda liftningen.

Den vanliga permissionstransporten med flyg var

vanligtvis snabb och händelsefattig, med ett undantag det var på vägen upp till Bromma. Han satte sig på en av de främsta fyra platserna med sätena vända mot varann. Planet var långt ifrån fullt, det fanns flera lediga platser längre bak. En tjej i hans egen ålder iklädd en skotskrutig kortkort kjol klev in i kabinen och valde att sätta sig bredvid honom. Han stack ju verkligen ut i sin flottistuniform, men om det påverkade hennes val av sittplats var ovisst. Väl uppe i luften bredde hon ut en kvällstidning på sätet framför sig och lade upp båda benen på tidningen, mycket vackra ben, till beskådande. Under hela resan från det hon kommit ombord tills det att de lämnade planet visade hon honom inte någon som helst uppmärksamhet. Av någon, då som nu, oklar anledning fann han hennes uppträdande mycket fascinerande och bestämde sig för att försöka få kontakt med henne efter landningen på Bromma, men hon lyckades på ett obegripligt sätt försvinna. Det blev således en, för honom, besvikelsens bussresa in mot stan.

Efter tolv månaders tjänstgöring och avsked som furir återvände L till hemmet. Detta år hade varit så annorlunda jämfört med vad han tidigare upplevt, eller senare skulle få vara med om, att det har prägeln av en enastående period i hans liv. Det var en tid som efterlämnade många minnen utan att därför ha utövat något inflytande på hans så idiosynkratiska beteende.

*

Direkt efter avslutad militärtjänst inledde han nu sina vidarestudier med samma brådska som han visat för att börja militärtjänsten. Fortfarande undrar man så här efteråt, varför denna brådska? Om han nu ville visa vem han var, kan man fråga sig, vem var han? Hade han egentligen något svar på den frågan? Eller kanske emanerade detta behov av snabb utveckling ur ett allmänt hävdelsebehov? Dessa frågor var nog i den stunden tämligen obearbetade, vilket så småningom fick sitt pris.

Han började med kvällsstudier bedrivna parallellt med det återupptagna arbetet. Att sluta jobba halv fem, cykla åtta kilometer hem, äta, cykla sju kilometer till skolan, studera fyra timmar, cykla hem, sova och stiga upp klockan sex på morgonen. Ja, det gick bra när han var tjugo år gammal.

Redan första terminen uppstod problem med fysikämnet, eller mer korrekt med läraren. För L framstod fysiklärarens krav som oacceptabla. Läraren använde sig av kurslitteratur för en mer avancerad kurs och ställde därmed krav som krävde mycket mer arbete. Det oresonliga, som L såg det, var att dessa krav inte skulle återspeglas i betyget som ju gällde den ordinarie kursen. Med andra ord erbjöds ett betyg som inte erkände det arbetet som läraren krävde. Han förstod aldrig lärarens motiv för detta agerande, om det ens fanns något. L ansträngde sig heller inte

137

för att ta reda på det, istället klagade han hos studierektorn där han påpekade det rimliga i att kursen höll sig till avsedd läroplan. Nästa fysiklektion började med att läraren frågade "Vem är L?" Han räckte tveklöst upp handen, varefter, utan vidare åtgärd eller förändring, läraren återgick till undervisningen. Det blev uppenbart att läraren fått ta del av klagomålet, men också att han inte hade en tanke på att förändra undervisningen. Nu hade L förvandlats till bråkmakare i lärarens ögon. Då han dessutom var den ende som opponerat sig var det bara att ta konsekvenserna. Han hoppade av kursen och förlorade därmed en termin, men behöll självaktningen.

Detta var en av de första gångerna han som vuxen reagerade med den envishet han uppvisat redan som barn, när han vägrade finna sig och blev orubblig. När detta återkom som vuxen var det vanligtvis en moralisk gräns som passerats, en överträdelse som inte kunde lämnas opåtalad. En gräns som L genom åren fått uppleva, inte finns hos så många andra.

Efter något år av kvällsstudier insåg han att studieformen inte uppfyllde hans krav på resultat, det gick för långsamt! Han sökte in och blev antagen till heltidsstudier vid det ärevördiga tekniska läroverket. Som ett resultat blev han tvungen att säga upp sig och sluta sin anställning. Tjänstledighet kunde inte komma på fråga då företaget nu blivit omsprunget av den tekniska utvecklingen och var på fallrepet. Det var således utan skyddsnät han nu kastade sig in i detta projekt. Nu skulle han bli ingenjör. De närmaste åren blev han nu tvungen att helhjärtat gå upp i, för honom, verkligt krävande studier. Nu fick han äta upp de försummelser han gjort sig skyldig till i grundskolan.

Under åren på läroverket kom han i daglig kontakt med många studenter. Det blev då uppenbart för honom hur hans överdrivna förväntan på andra tycktes förvandla varje ny bekantskap till en besvikelse. Resultatet blev avståndstagande och ibland svåruthärdlig frustration. Detta, tillsammans med den nödvändiga arbetsinsatsen studierna tvingade fram, förvandlade honom nu åter till en enstöring som tillbringade all tid vid skolbänken eller vid skrivbordet.

Att detta företag, med en ingenjörsexamen som mål, uppenbart stred mot hans inre begränsningar borde ha stått klart redan första sommaren då han inte kunde förmå sig till att göra ens ett försök att få ett sommarjobb. Just detta att inte ens förmå sig till ett allvarligt försök borde ha väckt onda aningar. Jo, aningarna fanns där nog, men förträngdes och glömdes snabbt bort vid nästa terminsstart.

Den understundom närmast övermänskliga ansträngningen han utsatte sig för gav utdelning i form av ett acceptabelt slutbetyg som trots en dålig spurt placerade honom över medelmåttan. Efter examen och släktens oönskade uppvaktning skulle nu det förväntade priset inhåvas. Vad som var priset hade nog aldrig varit helt klargjort. Från början var nog drivkraften för genomdrivandet av denna herkuliska arbetsinsats den gamla vanliga, att visa att han var något för den ende betraktaren, han själv.

Nu när "eftertankens kranka blekhet" plötsligt blivit utgångsläge var det nog mest tvånget som regerade, tvånget att avsluta det som påbörjats. Nu måste han få ett jobb som ingenjör! Typen av jobb han sökte var redan från början avgränsat av hans intresse och erfarenhet. Han ville bygga vidare på sin fleråriga erfarenhet av utvecklingsarbete, det var här hans kreativa förmåga kombinerat med hans läggning för hantverk bäst kunde frodas. I alla fall var det vad han då trodde och satsade på, en tro som senare skulle visa sig vara välgrundad.

Ett första försök ledde honom tillbaka till den stad han lämnat tio år tidigare. Den ansvarige på arbetsplatsen insåg genast vid anställningsintervjun att L saknade alla förutsättningar för det tilltänkta jobbet, något L också efteråt förstod. Då lovprisade han, av flera skäl, avslaget. Vid besöket i staden hade han snabbt insett att ett geografisk återtåg bara skulle vara en väg tillbaka, in i ett mycket grumligt förflutet, med alla de svårigheter ett sådant återupplevande skulle medföra. Hela den resan som arbetssökande framstod efteråt som ett misstag helt grundat i det då smått paniska behovet att få en första anställning baserad på sin nya ingenjörsexamen.

Hans första anställning blev istället ett kringflackande rotlöst jobb, ett jobb han kom att behålla under hela sin ingenjörskarriär. Långt efteråt har han frågat sig om detta var en ren slump, eller något freudianskt "felsteg". Något svar har han aldrig kommit fram till. De omväxlande arbetsuppgifterna på olika arbetsplatser hade två helt motsatta effekter. Det spädde förvisso på den för honom själv så tydliga otryggheten men det erbjöd samtidigt högst skiftande upplevelser och erfarenhet på helt olika företag. Under en förhållandevis kort tid kunde han därmed inhämta mycket kunskap. När tillfälle gavs visade han med all tydlighet upp sin kreativa förmåga, alltid utan tillstymmelse av rädsla för att kanske gå för långt eller göra fel. Detta föranledde att han vid flera tillfällen fick mycket goda vitsord från uppdragsgivarna.

På grund av det ständiga kringflackandet blev livet utanför jobbet mer ohållbart än någonsin tidigare. Ensamheten i alla de kortvariga hyresrum han då bebodde blev, i sina värsta stunder, psykiskt nedbrytande. Samtidigt innebar arbetssituationen, med ständigt nya och kortvariga kontakter, en signifikant förenkling i det offentliga livsbedrägeriets fortgående. De växande inre problemen blev i det ljuset ett lätt byte för villfarelsen att han var psykiskt osårbar i förhållande till yttervärlden. Rättare vore nog att beteckna honom som onåbar snarare än osårbar.

Han hade under många år lidit av spänningshuvudvärk. Huvudvärken kunde vid tillfällen bli ganska intensiv, vid något enstaka tillfälle så pass att den lett till illamående och sängliggande. Det normala var annars att han höll symptomen i schack med hjälp av Paracetamol. Om han nu varit lite mer eftertänksam skulle han ha märkt att problemet med spänningshuvudvärk tilltagit i den nya arbetssituationen, samtidigt som han under en tid fick problem med allt styvare nackmuskulatur.

Något som han däremot, långt senare, noterade var att plågan med den mångåriga huvudvärken försvann i samband med pensionen. Spänningen tycktes ha varit direkt kopplad till de krav han lade på sig som anställd, detta helt oberoende av anställningsförhållande. Hans motvilja mot chefer hade han känt sedan första anställningen, fjorton år gammal. Motviljan var nära förknippad med den irrationella respekt han upplevde inför auktoriteter, något han i sin tur fått med sig med modersmjölken. När han som pensionär för första gången i sitt liv kände sig oberoende av dessa auktoriteter, ja, då försvann också huvudvärken. Men det var ännu långt till pensionen.

Förvisso måste, när trycket blir alltför högt, en eller annan säkerhetsventil utlösas, så även för L. Med vänstra halvan av kroppen bortdomnad låg han uppkopplad mot en EKG-apparat på den hårda sjukhusbritsen och kände hur den gröna galonen klibbade mot ryggen. Den första chocken hade lagt sig. Chocken från det inre fyrverkeri som exploderat när han satt på sängkanten för att ta på sig de strumpor som för flera dagar sen borde ha förpassats till smutshögen. — Ett resultat av hyresrummens obefintliga tvättmöjligheter. — Först nu, på sjukhusbritsen, blev han medveten om stanken. "Det måste vara strumporna", hann han tänka innan det lilla välskapta biträdet som rakat honom på bröstet och monterat elektroderna nu kom för att ta av dem. "Fan också jag stinker!" "Jag kommer också från Skåne", kvittrade hon med ett inbjudande leende. De befann sig på ett länslasarett i södra Sverige, men på henne lät det som om de mötts i Amazonas djungler. Det var uppenbart att hon ville få kontakt, själv ville han bara därifrån. I brist på svar från undersökningen släppte läkaren iväg honom med några dagars ordinerad vila, men det skulle gå månader innan den domnade vänstra kroppshalvan var tillbaka i någorlunda normalt skick. Efteråt kom han fram till att han vid påklädningen lyckats klämma någon nerv i sin då mycket styva nacke. Under en längre period hade han vid denna tid återkommande problem med sin nacke. Den blev från och till så styv att normal huvudvridning blev omöjlig, något som, till hans stora ogillande, omgivningen inte kunde undgå att lägga märke till. I fritidens ensamhet kunde han få viss lindring genom att använda halskrage.

Något år senare blev han tvungen att, tillsammans med en arbetskamrat, göra en kort resa till Storbritannien för att hämta hem några komponenter. Av säkerhetsskäl ville företaget inte anlita ett speditionsföretag. Då emballagen var alltför skrymmande för bagageutrymmet i en personbil, blev det till att färdas i en hyrd, högljudd, långsam och obekväm skåpbil.

Många gånger efteråt har han tänkt på, och förundrat frågat sig vad det var för en man som en sen natt stod på en totalt öde Autobahn tillsynes utan bil och utan packning, klädd i promenadkläder. De stannade och plockade upp honom. Det blev en tyst färd, då mannen inte kunde ett ord engelska, och ingen av de två pratade ett ord tyska, om han nu var tysk. Efter tjugo minuter, kanske en halvtimme, gav han tecken att han ville bli avsläppt vid nästa avfart. L tittade efter honom i backspegeln, en stilla ensam silhuett som sakta försvann in i det nattmörker ur vilket han för en kort stund sedan dykt upp. Vem var han? Varför var han där?

Förutom den obeskrivliga trafiken i London blev upphämtningen av varorna helt odramatisk. På väg hem hamnade de i en 24-timmars färjekö i Dover. Orsaken till denna tillfälliga propp i överfarten fick de aldrig veta. I en stämning av misströstan lämnade han sin sovande reskamrat och gick bort till färjeterminalen. Förhoppningen var att få tag i något som skulle kunna likna frukost, men den stökiga väntsalen visade sig sakna servering. Trött på bilens säten slog han sig ner på en, inte mycket bättre, sittplats.

Han registrerade dem först bara i kraft av att de var något i hans blickfång, en yngre familj med några barn. Det var först när mannen och barnen reste sig och gick iväg som han blev uppmärksammad på henne och upptäckte hennes utstrålning, en utstrålning som genast fångade hans blick och fick den att fastna. En så tydlig, ordlös och mycket subtil inbjudan som han fick av denna kvinna, när hon upptäckte hans forskande blick, har han nog aldrig upplevt förr och tror sig aldrig få uppleva igen. Som så ofta var fallet med alla hans mer eller mindre egendomliga kvinnomöten, omöjliggjordes vidare utveckling. I detta fallet av både tid och rum.

Väl ombord på färjan fick L ögonen på en kvinna som troligtvis var minst tio år äldre än honom. Hon var mörk, slank, ganska attraktiv och gav ett mycket sobert intryck. Hennes sällskap bestod av en rullstolsbunden man, vilket var det som inledningsvis väckte hans uppmärksamhet. På grund av skåpbilen han färdades i hade han privilegiet att kunna sitta bland lastbilschaufförerna i cafeterian, kanske var det detta som i hennes ögon gjorde honom mer spännande. I vilket fall, när han väl fångat hennes intresse, stod det genast klart för dem båda... Frågan var bara var. På grund av den korta överfarten, var färjan inte utrustad med några passagerarhytter. När hon fick veta att han färdades i en bil med sängplatser blev hon frågande. Förklaringen att han inte var ensam och att det låg en man och sov i bilen gjorde inget intryck. Det var som om hon inte brydde sig, eller kanske rentav att detta bara ökade spänningen, men det blev inte deras bil, det blev... Ja, det blev, som vanligt, ganska misslyckat.

ÅTTA

V äl hemkommen från England tog det inte lång tid innan han åter fick vara med om en ny sällsam kvinna, i detta fall kanske mer flicka. Mittemot hans dåvarande bostad, på andra sidan gatan, bodde en ung kvinna. Utrustad med ungdomens hela skönhet och preferenser för reklamens bild av kvinnan, blev hon givetvis föremål för stort intresse från L, något hon var mycket medveten om då det gav henne lön för mödan. Hon hade för vana att titta ut från duschen för att se om han var hemma, om så lindade hon in sig i ett minimalt badlakan innan hon ställde sig framför spegeln strax invid fönstret. Om det var släckt i rummet kunde hon inte vara säker, men misstanken, och som han då trodde, blygseln, fick henne att välja badlakanet. Det som hände vid ett av dessa tillfällen tvingade honom att revidera de skäl han ditills tillskrivit hennes beteende. Nu framstod med ens hans dittillsvarande tro på hennes blyghet som mycket naiv.

Han råkade befinna sig helt nära fönstret, med ljuset släckt. Han måste ha varit på väg in eller ut, då han hade jackan på sig. Hon dök som vanligt upp vid fönstret iklädd sitt badlakan, men denna gång blev hon stående, tydligt spejande in mot hans lägenhet, som för att förvissa sig att hon såg rätt, innan hon vände sig mot spegeln, där hon stannade upp ett ögonblick, tvekande, innan hon snabbt återvände in i badrummet. Glömsk om allt annat, fullt påklädd, blev han stående i spänd väntan. När hon nu återvände in i rummet var det utan badlakan! Nu var hela hennes hållning annorlunda. Spänd och målmedveten, utan att titta över gatan gick hon naken fram och ställde sig vid spegeln och började ordna sitt hår. Nästan genast tog hon ett steg tillbaka mot fönstret samtidigt som hon flyttade isär benen. Bredbent lutade hon sig nu så djupt framåt att huvudet nuddade knäna och började i denna ställning kamma ut sitt hår! Men det var ju då tydligt att det inte var med sitt hår hon sysslade. Nej, det hon nu sysslade med var att hetsa upp grannen på andra sidan gatan. Upphetsningen var uppenbart ömsesidig, vilket ytterligare hetsade upp grannen.

Alla dessa så tydligt ihågkomna interaktioner med kvinnor tydliggör ju så här efteråt det oproportionerliga och besynnerliga inflytande kvinnor hade på hans inre liv. Men det blir också tydligt att hans beteende tydde på en attityd som bara tycktes fjärma honom ytterligare från det basala behov av gemenskap, värme och förståelse, han under så lång tid sökt efter.

När nu L närmade sig trettio levde han i ett skal av förställning som han, med viss rätt, ansåg ogenomträngligt och därmed omöjligt att avslöja. Det var således i ett tillstånd av en närmast total självsäkerhet parat med ett ytterst torftigt socialt liv vår hjälte nu framlevde sina dagar. Men han visste inte hur nära katastrofen han då befann sig, inte heller vad det var som skulle få skalet att rämna. Det skulle dröja till strax efter det han fyllt trettio innan L mötte sin karma, innan han stod ansikte mot ansikte med sitt öde. Ett öde lika oacceptabelt som oundvikligt.

När nedgången börjat kom han i efterhand aldrig fram till, bara att den triggades igång av hans arbetssituation. Inte heller där går det att peka på någon enskild detalj. Det var en rad händelser som alla tillsammans skapade en känsla av olust och osäkerhet hos honom. L:s undermedvetna var mycket sensibelt inför faror som kunde tolkas som angrepp på hans image. Den typen av faror utlöste alltid starka signaler, vilka då fick innebörden att hans skal kunde penetreras och i värsta fall rämna. Dessa tillstånd fick alltid sällskap av ångesten. Det var nog medvetenheten om en tilltagande oro och ångest som först väckte hans undran om vad som var på gång. Istället för att då varva ner gav han sig, mycket typiskt, in i nya och osäkra planer för framtiden. Denna typ av reaktion på lurande faror var mycket vanliga. Kanske hade detta alltid varit ett, måhända irrationellt, försök till flykt. Det var i känslan av stundande fara han anmälde sig till ett seminarium, vars ämne han helt glömt. Redan under den första seminariedagen fick han en allvarlig signal. Ångesten blev då så stark att han inte såg det som meningsfullt att närvara dagen därpå. Under de kommande veckorna fortsatte han visserligen att arbeta men var helt ur balans. Detta resulterade, bland mycket annat, i att han lyckades utlösa en konflikt med sin chef. En lördagsnatt kom så slutligen sammanbrottet.

*

Kraften och intensiteten i kollapsen kom helt oväntat i form av en panikattack. Fortfarande många år efteråt vet han inte vad som utlöste detta obeskrivliga tillstånd. Samanbrottet blev kulminationen på det nervösa tillstånd han befunnit sig i den senaste tiden. Tillståndet hade varit ihållande och uppstått till synes utan orsak. Klimax blev denna mycket kraftiga och utdragna nattliga panikattack med åtföljande panisk ångest som fick honom att fly hemmet och irra omkring i timmar på folktomma gator. Endast utmattningen tvingade honom tillbaka in i bostaden och ner i sängen. Nästa morgon vaknade han med den fulla insikten om vad som hänt. — Han hade totalt förlorat kontrollen! Till följd av denna klarsyn hamnade han nu i ett tillstånd av allvarlig chock. Han fann sig nu vara till stora delar hjälplös, helt dominerad av en, som han då upplevde, letal ångest. Ångesten var så stark att han varken kunde äta eller sova. Med hjälp från en närstående kom han till en läkare som skrev ut rikligt med Valium. Nu kunde han visserligen överleva dagen men fann det omöjligt att acceptera den situation han hamnat i.

Efterverkningarna av sammanbrottet blev totalt invalidiserande. Bland annat hade han drabbats av en svårartad agorafobi som gjorde även de enklaste göromål omöjliga. Han kunde tillbringa långa stunder utanför den minsta närbutik han kunde hitta, i väntan på ett tillfälle då han snabbt kunde gå in och plocka till sig bröd och pålägg, betala och komma ut. Allt i syfte att inte hamna i kö vid kassan, bara tanken på att bli fångad i en sådan situation väckte en outhärdlig skräck. Fobin blev till ett mycket långvarigt och svårt handikapp som han hemlighöll för alla i omgivningen inklusive läkaren. Det skulle gå nästan ett år innan han vågade sig in på ett varuhus, ännu längre innan han kunde gå in på McDonald's och äta en hamburgare. Det kom att gå många år innan han satte sig i en biografsalong igen. Helt fri från obehaget inför vissa situationer skulle han aldrig bli.

Den, under så lång tid, omsorgsfullt anlagda masken fick nu sällskap av ett akut behov att dölja och hemlighålla sitt inre tillstånd. Hans livslånga rädsla för andra människor förstärktes nu till att bli ett sjukligt, ibland skräckblandat, tillstånd där mycket av hans kraft gick åt att, nästan till varje pris, slippa kontakt med omgivningen. Han insåg från början att det tillstånd han nu befann sig i — Sjukskriven och allvarligt socialt handikappad. — inte kunde leda till annat än ett livslångt tillstånd som ett kroniskt sjukdomsfall, en tanke han fann totalt oacceptabel. Det var i det tillståndet han återvände till läkaren och krävde att bli remitterad till en specialist, detta i tron att det fanns en medicinsk lösning på hans problem.

Efter mer än en månad och flera samtal med en psykiatriker gick det äntligen upp för honom — Insikten kom plötsligt under ett av deras samtal. — att det inte fanns någon yttre hjälp att få, det som måste till kunde endast han själv åstadkomma. Med detta uppvaknande lämnade han läkarmottagningen i ett tillstånd av chock och förlamning. Utan förmågan att återvända hem påbörjade han nu en mycket lång vandring, antagligen den mentalt längsta någonsin i hans liv. Varken då eller senare hade han den blekaste aning om var han befann sig. Någon gång under vad som hotade att bli en golgatavandring fattade han beslutet att återvända till sitt arbete. Detta beslut gick stick i stäv mot hans innersta övertygelse. Beslutet framstår fortfarande, många år senare, som det svåraste och modigaste beslutet han någonsin fattat.

Nu gällde det att övertala sig själv om det möjliga i att fungera i arbetslivet. Hans då helt ödelagda känsloliv skapade en massiv upplevelse där varje fiber i kroppen upplevde detta som omöjligt. Samtidigt visste han instinktivt att det tillstånd han hamnat i måste övervinnas, han måste tillbaka till arbetet! Det enda alternativet, att förvandlas till ett vårdfall, vägrade han att ens överväga. När han tänkte på detta senare alternativ såg han sig själv som en levande död precis fyllda trettio! Det är kanske bara i riktigt svåra stunder människan får uppleva att det inte finns någon tredje väg. Nu fick han i osminkad form uppleva, det som då framstod som valet mellan liv och död. Kanske var det tanken på två både ofattbara och omöjliga alternativ som frammanade den inre kraft som för alltid skulle förbli ett mysterium för honom. — Kraften att övervinna det till synes oövervinnerliga och återvända till arbetet.

Att han klarade den första tiden på jobbet berodde på en blandning av hjälp och tur. Hjälpen levererades i form av valium som understundom fick intagas i kraftiga doser. Turen kom sig av att han till en början tvingades försöka reda upp den röra som hans sjukskrivning medfört, ett tidsödande men ensamt arbete. Under denna inledande period kunde han således både planera och minimera kontakter med omgivningen. På så sätt lyckades han ta sig igenom den mest kritiska tiden.

Agorafobin som fått grepp om honom blev under arbetsdagen till ett mycket stort problem. Han försökte att planera arbetsdagen så att han kunde undvika kontakt med andra i så hög grad som möjligt. Vid de tillfällen han blev tvungen att sitta ner med andra personer löste han situationen med hjälp av valium. Under det första halvåret förmådde han inte besöka företagets lunchrum med dess köbildning och offentlighet. Istället vandrade han en bit bort till en liten livsmedelsaffär i ett närliggande bostadsområde. Där kunde han köpa ett par bullar, en portionsförpackning smör och ett paket pålägg. Detta tog han med sig tillbaka till sitt kontor där han i avskildhet kunde inmundiga denna spartanska lunch.

En stor bitterhet hade fötts inom honom, riktad mot den egna personen, mot hans tillkortakommande. Att detta kunnat hända upplevdes som ett stort, i grunden oacceptabelt, misslyckande. Mot denna känsla stod sig alla förnuftsresonemang slätt. Den inledande bitterheten var så dominerande att den i olika situationer, mot hans vilja, släppte fram den ilska han hela tiden kände.

Trots alla dessa inledande svåra hinder förmådde han att sakta, steg för steg, återvända till vardagen, men nu och för alltid som en helt annan människa. Så småningom kom han in i arbetsrutinerna och behovet av bensodiazepin avtog mer och mer. I samma takt som hans allmäntillstånd förbättrades, avtog också torgskräcken. Den blev avhängig situationen och kunde allt oftare hanteras. Nu kunde han tämligen

opåverkad genomföra sina dagliga sysslor. Restaurang-
eller biobesök avstod han dock ifrån under flera år på
grund av det obehag och den ångest dessa aktiviteter
fortfarande framkallade.

I samma takt som ångesten avtog, för att så småning-
om utebli helt, tog nu helt andra känslor överhanden.
Bitterheten blev nu mycket tydlig, ibland även för
omgivningen. Efter många obehagliga episoder lärde
han sig så småningom att lägga band på sig. Det var
en bitterhet som, när den var som värst, han upplev-
de riskerade att förvandla honom till en förkrympt
och förvriden rest av den person han dittills varit. En
annan sida av bitterheten var det alltmer växande
självföraktet som nu gav sig tillkänna. Hans förräderi
mot sig själv gick inte att förlåta.

Det skulle ta lång tid innan han förmådde analyse-
ra det som hänt. Det var först då han blev medveten
om de varningssignaler som funnits där. Han borde ha
förstått att allt inte stod rätt till men detta bloc-
kerades av hans falska känsla av säkerhet. Nu hade
förändringen kunnat ske nästan oförmärkt och fallet
blivit brådstörtat. Sammanbrottets omfattning var
ett resultat av hans förmätna attityd. Han hade över-
tygat sig själv om att han hade full kontroll, något han
alltid haft och alltid skulle fortsätta att ha, allt annat
var otänkbart och därmed helt oförberett. Resultatet
blev detta huvudlösa fall rätt ned i avgrunden. Först
där, på botten, grep instinkten in och han förstod att

155

det gällde livet, "om jag inte tar mig upp härifrån blir jag levande begravd."

Det blev en lång och oerhört krävande klättring. Efter mycket lång tid upplevde han sig äntligen ha nått ytan. Att ha lyckats med denna till synes övermänskliga insats fyllde honom i förstone med en känsla av osårbarhet, vilket givetvis var en grov missuppfattning. En omständighet han för stunden förbisåg, var möjligheten för återfall. Detta kom att bli till ett fatalt misstag, vilket uppenbarade sig så småningom. Det är visserligen sant att den som befinner sig på botten inte kan falla djupare, men för den som är på väg upp, eller rent av upplever sig ha fast mark under fötterna, finns alltid risken för ett återfall.

Mitt uppe i sin känsla av seger, upplevde han sig nu inte längre ha något att dölja! När en människa som L kommer till slutsatsen att intet är att dölja, blir resultatet något av en kopernikansk vändning. Och då inte i Kants men i Kopernikus betydelse. Grundförutsättningen tycktes med ens blivit en annan. När man är kompetent över snitt och tror sig befriad från tvingande förställning, klarar man sig galant även i kvalificerat sällskap. Om ödet vill och man får tillfälle att uppleva dylikt, tenderar upplevelsen i sig att agera förstärkare. Det var detta L nu fick uppleva i sitt arbete.

Hans återvändo från det han upplevt som sin egen död blev således likt en fågel Fenix och han kunde nu bara låta sig översköljas av följderna och fröjderna. Det som hänt honom hade för alltid och i grunden förändrat honom och hela hans världsbild. Och därmed, till viss del, hans karaktär. Nu hade han fått andra värderingar, en annan syn på vad som var verkligt viktigt i livet. Trots den ökade respekten och det nya ansvaret han nu fick uppleva i arbetslivet började han fundera över sin framtid och insåg att han inte ville tillbringa de närmaste trettio åren som industrislav. Tvärtom kände han nu en stark längtan efter nya och annorlunda utmaningar.

*

Fem år efter sitt sammanbrott beslutade sig L för att lämna industrin och arbetet som ingenjör. Till en början var det tänkt som ett avbrott snarare än det definitiva brott det kom att bli. I ett försök att utnyttja sin läggning för teckning och målning men befriat från ingenjörskonstens teoretiserande, sökte han in och blev antagen till en målarskola. Så snart hans val blev känt hos gemene man och arbetskamrater möttes han av idel ros, ofta ledsagade av bekännelser om deras sedan lång tid närda drömmar om en ny och annorlunda karriär. "Det måste vara många som drömmer om självförverkligande någon annanstans", tänkte han.

Valet att, vid fyllda trettiofem, starta ett nytt liv visade sig vara något som gjorde de kommande åren till den bästa tiden i hans liv. Nu kom han in i en helt annan miljö och lärde känna människor som han tidigare aldrig kommit i närheten av. Att komma från en solid manlig värld in i en grupp nästan helt bestående av flickor, alla mellan fem och femton år yngre än han själv var ju bara det ett socialt jättekliv. Denna nya umgängeskrets uppvisade en väsensskild livssyn jämfört med de industrimänniskor som tidigare utgjort referensramen för hans liv. Om man dessutom tar i beaktande hans dittillsvarande umgänge med kvinnor, förstår man hur genomgripande förändringen kom att bli. Och kanske kan man också förstå i hur hög grad denna omställning fick en både väsentlig och gynnsam betydelse.

Men nu började också de gränser för hans omvandling, som trots allt fanns, visa sig. Inte ens den mest genomgripande personlighetsförändring kan efterlämna ett blankt papper. En människa är bara ett oskrivet blad en gång i livet, — om ens det. Oaktat de radikalt annorlunda omständigheter och möjligheter han nu upplevde, förblev han restriktiv till närmandet från kvinnor. Att det tidigare allt annat överskuggande behovet av en långtgående förställning nu fått en mycket mer begränsad inverkan på hans beteende tycktes inte påverka hans restriktiva hållning.

Han förvånades av den konformitet som kännetecknade flickorna på konstskolan. De kom alla från en borgerlig medelklass. Därmed följde en liknande uppväxtmiljö och studiebakgrund. Problemet för L

158

var att han saknade uppväxtmiljö i vanlig mening. Han hade inte en endaste barndomsvän. Han kom inte ens ihåg namnen på de flesta av alla de han vuxit upp tillsammans med. Den livserfarenhet han fått under sin uppväxt och tidigare karriär saknades hos alla dessa flickor vilket ytterligare minskade känslan av samhörighet. Sammantaget kändes det nu nödvändigt att förställa sig eller i vart fall undanhålla delar av sitt förflutna.

Men det sakligt sett största problemet som borde vara den stora åldersskillnaden visade sig inte vara något problem. Han var mycket medveten om att han under många år kunnat ljuga om sin ålder utan konsekvenser. Han tycktes vara utrustad med ett åldrande som gjorde att han i unga år ofta togs för att vara äldre för att sedan från trettio till över sextio utan problem kunde påstå sig vara tio år yngre. De kurskamrater på skolan som fick reda på hans ålder blev visserligen överraskade men i övrigt opåverkade, men de flesta visste inte hur gammal han var. Att nu få tillgång till ett tämligen ohämmat utbud av flickor blev för honom, med sin restriktiva hållning, inte till mer än några få förhållanden, varav minst ett han ångrade.

Det måste ha tagit minst tio minuter att få en halvdan erektion tillräcklig för att kunna tränga in i henne. Hon låg helt stilla, nästan livlös, utan att han kunde se henne. Rummet var becksvart, hon vägrade att ha lampan tänd. "Vad i helvete gör jag här!" Envist undertryckte han alla tankar och koncentrerade sig, förvandlades till ett pumpande underliv. Den hos honom alltid så typiska reaktionen blev nu helt förhärskande: "När jag drivit det så här långt så skall det avslutas!" Här fanns inget begär, endast behov, ett nästan desperat behov att bevisa något som hade med hans frihet att göra. Men hon då? Han försökte intala sig att hon inbjudit till det, men när han flera dagar senare tvingades möta hennes blick, då först såg han henne. Detta kan förefalla underligt då han målat ett av sina bättre porträtt med henne som modell, så bra att han aldrig förmått sig till att kasta det men han tittar aldrig på det. Det han den dagen såg var en bräcklig liten varelse med en frågande blick som brände ett livslångt ärr.

Med den enda av flickorna han egentligen ville ha blev det aldrig till mer än en kyss i portgången. Hon, som de flesta av dessa unga flickor, skaffade sig så småningom en stadig partner och fick två barn, ett livsöde som senare fick honom att revidera sin syn på alla flickornas bevekelsegrunder. Ytterst drömde de alla om en livspartner och familj. I det hänseendet var han fortfarande fast i sitt tvångsbeteende avseende kortvariga och därmed problemfria förhållanden. Efter den metamorfos han genomgått tycker man att den uppenbara motsättningen mellan detta förhållningssätt och den ständiga avsaknaden av närhet borde ha gått upp för honom men så var inte fallet. När han senare tänker tillbaka på den perioden blir det tydligt att i hans inre var alla dessa besynnerliga kvinnohistorier fortfarande det som dominerade.

En sommar, någon gång under den senare delen av 80-talet, satt han i Kungsparken på en av bänkarna vid grässluttningen ner mot stora dammen. Han satt och lyssnade på Concierto de Aranjuez i sin freestyle när hon kom. Det var en ung kvinna, tjugofem kanske, ganska attraktiv. Hon ställde sin cykel tre meter från honom och bredde ut en filt på gräset. "Två meter snett framför mina fötter," tänkte han. Smått förvånad tittar han sig omkring, den stora gräsytan var nästan tom och hon hade lagt sig nästan framför fötterna på honom? Tillsynes utan att ägna honom eller omgivningen något intresse lade hon sig för att sola, till en början fullt påklädd i jeans och tröja. Efter mindre än fem minuter satte hon sig upp och tog av tröjan, lade sig åter ner och fortsätter sola nu i BH och jeans. Det gick kanske tio minuter, innan hon åter reser sig, denna gång för att ta av sig jeansen. Nu ligger hon, bara en kortare stund, i svarta underkläder för att därefter sätta sig upp och ta av BH:n. Inför hans tilltagande förundran ligger hon nu på magen iförd endast trosor. "Det finns väl ändå ingen möjlighet att hon tänker ta av sig även trosorna här inför omgivningens blickar?" tänker han. Men, nej, efter ytterligare någon kvart reser hon sig och klär på sig,

161

— Allt mycket diskret, inga exhibitionistiska övertoner. — tar sin cykel och ger sig av. Under hela denna tid har hon inte vid något tillfälle ägnat honom så mycket som en blick. För ett ögonblick hade han funderat på att tilltala henne, men naturligtvis avstod han. Han upplevde det hela med en facination som mådde bäst av att få fortgå. Men så fort hon gett sig av vaknade han upp till verkligheten och hörde då Händel i öronsnäckorna. "Hon lyckades utplåna Rodrigo", tänkte han med viss förvåning.

Framåt hösten fick han uppleva att en nyligen tillkommen kurskamrat plötsligt sökte kontakt. Hon närmade sig med stor iver, ung, lång, slank och vacker. Det var både smickrande och lockande. Men något fick honom att undra vad som var på gång, var det slut med musikern som han visste att hon hållit ihop med? Med sitt behov av kontroll pratade han, så fort tillfälle gavs, med musikern. "Jovisst, jag är färdig med henne, det är helt okej för mig", var det svar han fick. Därefter rusade musikern direkt hem till henne och spelade upp hela sitt register för att återvinna hennes hjärta som han tydligen känt sig säker på fram till dess. Så snart L, på omvägar, fick veta detta förstod han hur det hela hängde ihop. Han hade genomskådat hennes spel och kände sig till en början utnyttjad och dum. — Det sista var värst. När de inledande känslorna lagt sig tog en nedlåtande attityd överhand, han tyckte sig ha genomskådat dem båda.

Det var musikern hon ville ha, men först måste denne förnedra sig, hon ville ha honom i sitt våld. Denna flicka sökte inte en man som kunde skänka trygghet och ge henne familj och barn. I musikern hade hon funnit den rätte, han kunde inte erbjuda henne någonting, varken materiellt eller sexuellt, endast hjälplöshet. — En förslavande hjälplöshet, då han älskade henne.

Hon var mycket intelligent och insåg dubbelheten i det egna sadomasochistiska spelet, kände någonstans hur behovet av en undersåte förslavade och förkrympte också hennes eget liv, förstod att hon själv var slav under sina egna idiosynkrasier. Det var nog denna något grumliga insikt som ibland fick hennes bitterhet att bryta fram. När hon kände sig trängd kunde det till och med övergå i en närmast ondskefull försvarsposition. Det tog tid för honom, inte att upptäcka, men mer att erkänna, det drag av ondska hon besatt. Från början väl maskerad som själviskhet, bröt bilden av ondska fram som blixtar i vardagen, ibland som bittert hat. Han hade genomskådat henne och hon visste om det och för det kunde hon hata honom.

Ibland fungerade inte hans normala försvarsmekanismer inför flickor. Så var det när en flicka plötsligt gav efter för sina känslor och avslöjade sin kärlek till honom. Helt oförberedd och utan att han egentligen önskade eller hade sökt hennes kärlek, utlöste likväl hennes kärleksförklaring en blixtförälskelse hos honom. Den följande natten tillbringade han med med Serengetis alla gnuer galopperande i sitt bröst. Men naturligtvis visade han sig dagen efter avvaktande och ögonblickets möjligheter tynade bort, denna gång utan några efterverkningar.

När man tar del av alla dessa väl bevarade kvinnohistorier måste man undra varför de fullbordade affärerna, mer eller mindre, lyser med sin frånvaro. Till detta finns det nog ingen enkel förklaring. När han hävdar oviljan att lämna ut de inblandade är det nog mest sig själv han tänker på. Varje fullbordan innefattar också ett moment av misslyckande han inte vill bli påmind om. Det är i detta misslyckande man finner den motsättning mellan närhet och förställning han aldrig riktigt velat erkänna. Från början var nog förställningen alltför värdefull med resultatet att närheten fick stryka på foten. Senare i livet har aversionen gentemot alltför stor förtrolighet stelnat och blivit till ett karaktärsdrag. Men det finns också en annan mycket enklare förklaring. Han minns inte så mycket av de fullbordade kvinnoaffärerna. Oviljan att minnas negativa upplevelser kombinerat med de ofullbordade kvinnoaffärernas alla problemfria möjligheter, något som alltid fastnar hos en så utpräglad fantasimänniska som L, leder till mycket subjektiva minnesurval.

*

Efter målarskolan hyrde han en ateljé med en ganska oklar avsikt att försöka få fram något som kunde ställas ut. Ateljearbete är som klippt och skuret för enstöringen, under sina år på den adressen hade han inga återkommande besökare förutom någon av konstnärerna i samma byggnad. Vid frekventa tillfällen då han fastnade i obeslutsamhet eller då idéerna tog slut, valde han ibland att göra ett besök på den lokala puben för att bryta rutinen. I ett försök att aktivera kreativiteten avbröt han också, vid något enstaka tillfälle, sitt arbete för ett biobesök

Ett helt annat avbrott i rutinerna fick han uppleva en sen kväll på väg hem från ateljén till bostaden ett kvarter bort. Han blev då stoppad av en polis innan han nått fram till sin gata. "Ingen får gå in på gatan just nu!" Något skäl till detta ville polisen inte upplysa om, ej heller hur länge avstängningen skulle vara. Som han stod där hördes två dova knallar från granater! Han förstod det meningslösa i att bli stående och gick tillbaka till ateljén. När han några timmar senare återvände var vägen fri. Nu visade det sig att polisen brutit sig in till en granne vars ytterdörr var helt sönderslagen. Dagen efter kunde man läsa i tidningen att de omhändertagit en grupp asiatiska beväpnade ungdomar. Ett tidigt tecken på vad som komma skulle.

Under ett drygt år arbetade han nästan enbart med en serie bilder, vilka han såg som ett försök att bearbeta vissa problem han grunnat på under lång

tid. De ursprungliga funderingarna grundades i upp-
levelser han hade redan i mitten av åttiotalet. Ut-
gångspunkten för arbetet blev ett antal nyckelord av
vilka han nu bara kan minnas: Yta viktigare än in-
nehåll; Tv:n förvandlad till modern andeutdrivare;
Våld och pornografi utan kontext. Anledningen till
att han så här långt efteråt fortfarande minns detta så
i detalj kommer sig av den följande samhällsutveck-
lingen. Det som då kändes mycket angeläget för ho-
nom har visat sig bli alltmer aktuellt vartefter som
samhället utvecklats. Frågorna och temat för hans ut-
ställning är idag mer aktuella än någonsin och känns
mer relevanta nu än för trettio år sedan.

Arbetet resulterade i en utställning bestående av
en serie bilder, ett antal mindre skulpturer och en vi-
deoinstallation. Grunden för det han visade upp be-
skrev han i en text som presenterades som en del av
utställningen. Mycket av materialet har dessvärre för-
svunnit, i likhet med så mycket annat som i efterhand
uppfattats som värdefullt.

De begränsade gensvar utställningen fick var myc-
ket mångskiftande. Bland det fåtal som mer eller
mindre uppfattade budskapet kom ett gensvar att stå
ut och det blev därmed av stor betydelse. Vid ett till-
fälle besöktes galleriet av en britt. L kunde konstatera
att besökaren noga studerade både bilder och figurer
och därefter läste igenom de texter som fanns utlag-
da. När han så fick ta del av mannens reaktion för-

stod L att han här träffat på en person som inte bara genast uppfattade meddelandet och dess signifikans men som tycktes ha haft liknande funderingar som L kring dessa frågor.

I övrigt blev det under hela utställningen inte till så många minuters meningsfullt utbyte med besökarna, men sammantaget kom det likväl på ett avgörande sätt att bidra till en viss avklarnad. Det var under den utställningen han fick klart för sig hur central den andre är för att kunna komma till ett klargörande i sitt egna funderande. På samma sätt har allt han skrivit ner under sitt liv blivit till ett försök att klargöra och formulera olika problem, vilka alla kräver gensvar för att fullbordas.

*

Under arbetets gång i ateljén blev det uppenbara alltför påträngande. — Han måste förr eller senare skaffa sig någon form av försörjning. Detta var något som inte längre kunde ignoreras. Den dittills enda utställningen hade kostat honom flera tusen i transporter och andra kringkostnader samtidigt som försäljningsintäkterna endast inbringat en struntsumma. I en blandning av slump och kontakter valde han som tillfällig lösning ett halvtidsjobb i offentlig sektor. Den tilltänkta tillfälligheten kom att bli femton år lång, i själva verket blev det den längsta anställning han någonsin haft. Detta var ett resultat av ren slöhet, så länge den magra halvtidslönen räckte till hyra

och mat var han nöjd. Efter många år i den konkur-
rensutsatta industrin, fick han nu för första gången se
den offentligt finansierade sektorn inifrån. Nu kunde
han studera graden av pervertering som frånvaron
av konkurrenter och nödvändiga arbetsuppgifter
möjliggjorde. Det han såg var väl inte värre än vad
han alltid antagit vara fallet, men när han nu dagligen
kunde uppleva det med egna ögon blev förvåningen
inte mindre.

DEL TRE
Individuation

NIO

Som alla andra, på båda sidor av muren, var han helt omedveten om vad historien hade i sitt sköte när han 1988 besökte Berlin. Allt var som förväntat, som det blivit efter det att muren byggts tjugosju år tidigare. En amerikansk konstnär utförde något projekt vid Checkpoint Charlie, till de östtyska vakternas stora förtret. Befälet kände sig manat att sända in två vakter som såg till att konstnären inte på någon punkt överskred den osynliga linje en meter från själva muren där den officiella gränsen fanns. Ett uppdrag, som så många andra av allt det som emanerade från den andra sidan järnridån, var helt kontraproduktivt, då det i såväl öst som väst bara spädde på den allmänna uppfattningen om systemets vettlöshet. Om någon då och där skulle hävda att Östberlin skulle vara ett minne blott, tolv månader senare, hade han blivit utskrattad eller betraktad som allvarligt psykiskt störd. Pensionatsvärden där L bodde, en avhoppad före detta bagare från öst beskrev, i stort vredesmod, de

169

styrande på andra sidan som "banditos".

Första kvällen kände han sig sugen på en tysk öl och gick ner till den lokala bodegan. Som han satt där och insöp en atmosfär så helt olik den därhemma, kom det in en kvinna i hans egen ålder. Hon var svårt härjad, till synes av ett eller annat missbruk. Hon började gå från bord till bord för att visa upp några teckningar som man förmodade hon själv åstadkommit och nu försökte sälja. Utan tur fick hon återvända ut på gatan lika fattig som hon kommit in. Kvinnan väckte en bevågenhet till livs hos honom som svensk. Här gavs hon full frihet i sitt värv, hemma skulle personalen genast avvisat henne. En känsla av välbefinnande kom på så sätt att inleda denna vistelse i Västberlin.

Anledningen till besöket var att Berlin det året var utsedd till EU:s kulturhuvudstadstad. Staden var den fjärde i ordningen i detta relativt nya EU projekt. Det innebar att året var fyllt av en rad aktiviteter och utställningar. Nu var det hans avsikt att, under de få dagar besöket varade, hinna med att besöka och se något av det som just då försiggick och kunde vara av mest intresse för honom. Så här lång tid efteråt har han långt ifrån allt klart i minnet. Besöket på den uppbyggda kopian av *entartete kunst*, nazisternas utställning från 1937, minns han fortfarande tydligt på grund av ett foto som togs vid tillfället. Han poserar där mot en bakgrund som överensstämmer med det

170

foto från den ursprungliga utställningen han har i sin ägo. Vid en hastig blick på de båda fotona skulle man kunna tro att L besökt utställningen 1937.

Även utställningen på Hamburger Bahnhof fick ett besök. Stället var då närmast en ruin som tillfälligt användes som utställningsbyggnad. Hamburger Bahnhof blev sedermera förvandlad till nationalgalleri. Orsaken till besöket där minns han inte alls, inte heller från besöket på Gropius-Bau finns något minne kvar, endast att han var där. Han minns att han passerade en öppen plats där det pågick ett skulpturprojekt. En grupp skulptörer var i full färd med att hugga ett antal stenskulpturer, stendammet virvlade runt som dimma över hela stället. Även detta minne vilar på ett foto han har från evenemanget. Han vet sig ha besökt två tre andra utställningar vilka nu är helt bortglömda. I övrigt var det, som alltid, muren som gav det tydligaste intrycket när han var i Berlin.

Mindre än ett år senare var muren borta! Över en natt förvandlades halva staden från avgränsat förbjudet område till ett euforiskt gränslöst människomyller. Trots att han bara följde händelsen på TV, kommer han aldrig att glömma den ohöljda glädje ögonen utstrålade på unga DDR medborgare när de helt oväntat kunde vandra runt på "andra" sidan. En svensk konstnär som då bodde i Berlin, berättade när L senare träffade henne att redan två veckor efter murens fall hade den fria marknaden etablerat en ölservering i ett av de forna östtyska vakttornen. Hela händelseutvecklingen som ledde fram till det östtyska sammanbrottet och det som därpå följde är som vore det hämtat från en rövarhistoria.

Det var inte förrän året därpå, när han åter besökte staden, som han själv kunde ta del av förändringen. Nu fick han uppleva den livliga kommersen, med sovjetiskt arméöverskott och påstådda betongflisor från den rivna muren, som försiggick vid före detta Checkpoint Charlie. Av platsen som den såg ut vid hans förra besök fanns bokstavligen ingenting kvar. Till och med muren hade på detta avsnitt hunnit avlägsnas.

Denna gång hade han valt att bo på ett billigt hotell på den forna östsidan. Det var nu han, för första gången med egna ögon, fick uppleva de oändliga raderna av gråa omålade betongkomplex som kantade de breda gatorna. Det var detta öststatsregimen tillhandahållit som bostäder åt medborgarna. Inget i den ursprungliga stadsmiljön hade ännu hunnit ändras eller rivas på denna sida av staden. När han försökte ta en taxi från Bahnhof Zoo till sitt hotell, fick han till sin förvåning uppleva att ingen taxichaufför ville köra honom. Motivet var att de ännu inte lärt sig hitta i den del av staden. Det verkliga motivet var nog ekonomiskt, det fanns helt enkelt inga körningar att plocka upp på den sidan. På östsidan var man således fortfarande, i stor utsträckning, begränsad till allmänna transporter. Hans visit varade denna gång bara över ett veckoslut men redan efter dessa två dagar stod det klart att det Berlin han besökt bara två år tidigare inte längre fanns. När denna delade stad nu blivit en, så var det inte bara den östra delen som förändrades. Han tyckte det kändes mycket märkligt att se något bokstavligen försvinna framför sina ögon.

Dessa två, av slumpen, närliggande besök i Berlin blev ett av två tillfällen under hans liv då han kom i direkt kontakt med världshistoriska händelser. Båda var kopplade till sovjetimperiet. Den första var Sovjets styrkedemonstration i Tjeckoslovakien 1968, som berett honom 24 timmars oavbrutet arbete i flottan. Den andra var samma Sovjets begynnande sammanbrott som det tog sig uttryck i Berlin 1990.

Sommaren samma år besökte L en mindre ort utanför Zurich, besöket varade bara över dagen. "Rhen flyter snabbt här men är lika mörk som i Heidelberg för tjugofem år sen, men här är den mycket vildare," var hans intryck när han vandrade fram genom vegetationen längst flodstranden. Kanske bidrog den omgivande djupa grönskan till det starka vildmarksintryck han fick den dagen i denna lilla schweiziska kurort, där han bland andra märkvärdigheter fick uppleva hur människor stod i kö med pappmugg för få dricka en mugg fisljummet och illasmakande källvatten. Det verkliga skälet för detta udda besök berör andra människor som skall slippa medverkan i denna berättelse. Besöket är likväl värt att nämna då det är ett av de tydligaste exempel på minnets outgrundliga vindlingar. Från resan och en hel dags mycket annorlunda upplevelser i denna minnesvärda kurort blev det trots allt upplevelsen av Rhen som kom att ge det djupaste intrycket. Ett kort ögonblick vid floden som blev till något annat. — Något för livet ihågkommet.

*

Det blev till den, utan motstycke, mest minnesvärda väntan på grönt ljus i hans liv. Med sin psykologiska intuition misstänkte hon att det han så gärna ville kanske han inte skulle våga. Hennes egna behov och stora önskan fick henne att gå rakt på sak. När de stannade upp vid övergångsstället vände hon sig mot honom, fångade in hans blick och sade med stort allvar och nästan något bedjande i blicken "Du får göra vad du vill med mig." Då han i det ögonblicket var helt oförberedd lyckades han med näppe hålla tillbaka en rent fysisk reaktion. Hennes uppriktighet gick inte att ta miste på och i hans ögon hade något oförglömligt just ägt rum. Detta var för honom ett ocrhört uttalande, för henne i mindre grad, mycket mindre som det skulle visa sig. Det fanns förvisso en djup och livslång åtrå bakom hennes ord, men innebörden i uttalandet var i stort skymd bakom en slöja av sinnlig spänning och romantiska bilder. För honom var detta en inbjudan till det gränslösa, ett tillstånd hon inte

174

alls förstod sig på. Inför de enastående möjligheter och svårigheter, som fantasimänniskan genast gestaltade, var hon i stort sett omedveten.

Trots att allt detta ganska snart blev uppenbart för honom, visade han sig svag i denna prövningens tid. Han blev bländad, och förblindad beträdde han vägen mot avgrunden. Han borde ha lyssnat på sitt inre och reflekterat över de undermedvetna signalerna, när han redan i inledningen av denna ödesdigra färd började få attacker av ångest. Han tog visserligen kontakt med sin gamla läkare och fick för första gången prova antidepressiva tabletter. Men då de inledande symptomen försvann redan efter kort tid, avslutade han snart behandlingen.

När L så var mitt uppe i kampen, blev det, om än omedvetet, en kamp för sin existens. Detta var första gången i livet han vågade testa sina gränser, sitt mod. Ett mod som förvisso bottnade i egoism, men kanske just därför stundtals visade sig närmast gränslöst. När han nu hänsynslöst lät en kvinna klampa omkring i sitt inre, då skedde detta, helt naturligt, till ett mycket högt pris. En kaskad av svårhanterliga känslor som tillsammans ofta föreföll närmast övermäktiga att bemästra, dominerade denna period. Rädslor som utlöste känslor av mindervärde, aggressioner som åtföljdes av ånger, glädje som ersattes av förtvivlan. Ofta en skamlös och hejdlös jakt på nya erfarenheter. Mitt i allt detta långa stunder av intensiv passion och

175

stor erotisk upphetsning.

Allt detta riktades mot, och förhöll sig till, en fiktiv person i hans inre, en person vars motsvarighet i sinnevärlden blott var en vanlig människa som förde sin egen kamp. Inte att undra på att detta krävde sitt pris både fysiskt och psykiskt. Muskelstelheten firade nya triumfer, han gick till sängs med ryggsmärtor och vaknade upp med spänningshuvudvärk, kroppsliga spänningar som ibland övertrumfades av överproduktion av magsyra. Alla dessa somatiska tillstånd hölls hela tiden samman av svårmod och hopplöshet. De olika tillstånden upplevde han som om de tycktes inriktade på att överträffa varandra.

Hela hans upplevelse av denna situation bottnade i det som nu blev så tydligt. Hans patologiska behov av att förvandla en illusion till realitet, en illusion vilken — Han var bara alltför medveten om det. — måste förbli en illusion. Grunden för hela beteendet var den livslånga neurotiska bristen på gemenskap, verklig inre gemenskap. Skulle då detta aldrig sjunka in, bli till upplevd insikt, denna för honom så intellektuellt klara existentiella ensamhet. "Undrar just när allt detta skall ersättas av min gamla kära ångest," tänkte han cyniskt. Ångestens tid var ju ofrånkomlig, när väl detta ohållbara förhållande nått vägs ände och måste övermannas. När det så skedde blev han tvingad att betala priset.

Ett helt år, varje dag, utan undantag
tänkte jag på dig, letade efter dig, försökte
undvika dig, föraktade dig, avgudade dig.
Från att i ena stunden reta mig på dig,
önskade jag dig i nästa stund all lycka.
Samtidigt önskade jag dig dit pepparn
växer.
Tänkte och saknade, ett helt år, varje dag!

Detta var ett år fyllt av neurotiskt onanerande, depression och... En för alltid outplånlig period, som kännetecknades av något som likväl omöjligen kunde bibehållas i minnet då det i så hög grad bestod av känslor och därmed inte kan återges varken inåt eller utåt.

*

Utan att veta hur det gick till, eller när det alls ägde rum, tog ångesten sakta över och det som tidigare var abnorma tillstånd blev nu till mer normala tillstånd. Han försökte stoppa upp utförslöpan genom att återuppta den avbrutna behandlingen med Cipramil, han fick också utskrivet bensodiazepin för mer akuta tillfällen. Den antidepressiva behandlingen kom därefter att avbrytas och återupptas ett otal gånger under många år framåt. Han avslutade behandlingen så snart han kände sig bättre, för att vid nästa svacka återuppta den. Det kom att gå femton år innan han till slut fick erkänna sitt nederlag, ge "vitrockarna" rätt, och bestämma sig för att inta Citalopram resten av livet.

Från att ha varit tillfällig blev ångesten efter hand mer till vardag, en pervers och förkrympt vardag. Sakta smög ångesten sig på och tycktes äta upp hela hans inre utrymme, innan han visste ordet av rörde han sig som på räls. När så fallet kom hade han visserligen erfarenheten att klamra sig fast vid och fallet blev mindre dramatiskt denna gång, men resultatet desto mer ödesdigert. Det var först nu, i medelåldern, det kom att stå klart för honom att upplevelsen av det bottenlösa aldrig kunde fungera befriande. — Något han varit övertygad om efter att ha återhämtat sig från sitt tidigare sammanbrott. — Oavsett vilka höjder som bestegs eller ett aldrig så idogt klättrande kunde skydda från ett nytt framtida fall. Nu framstod plötsligt den tidigare klättringen upp ur avgrunden mer som ett sisyfosarbete. Men hur kan man se på liv och död som tillfälligheter? Ingen kan ju uppleva rädslan att dö lika meningslös som rädslan att födas, inte ens den mest upplyste. Hur finna fram till något som... Anatman? Denna insikt knäckte honom, från denna insikt skulle han aldrig återhämta sig.

Den uppmärksamme läsaren har redan upptäckt den stora förändring som inträdde i samband med att L återhämtade sig från den kollaps som så när gjort slut på honom. Från att ha förlorat mycket av sin energi hade, efter hand, behovet av förställning reducerats till något som mer kan betecknas som gängse. Nu när han upplevde sig åter ha nått botten skulle någon kanske fråga sig huruvida behovet av en mask åter skulle visa sig. Men så var det inte. De ursprungliga orsakerna till den avancerade förställningen han en gång utvecklat var för alltid borta. Hans livsfilosofi hade så småningom kommit att på ett helt annat sätt relativisera det yttre skenet. Det som en gång varit helt avgörande för honom hade med tiden förbleknat för att nu alltmer omfamna känslan av att inte bry sig.

*

Han läser Canetti och stryker under, nya genomläsningar och nya understrykningar. Han ställer sig frågan hur många gånger han måste läsa innan allt är understruket. Han bestämde sig för att göra ett besök i bokhandeln för att fråga efter Canetti:s essäsamling som han bara läst något kort utdrag ur. Det var där han stötte på henne. Det var någon han hade jobbat ihop med för många år sedan. Nu berättade hon, full av entusiasm, att hon var på väg till Paris. En vecka med buss och hotell, "semester så underbart!" Hon hade jobbat och sparat i sex månader för detta och nu äntligen skulle hon i väg. Både Eiffeltornet och Napoleons grav skulle nu för första gången besökas, och... L hittade på en ursäkt för att få stopp på henne och komma därifrån. Eiffeltornet och Napoleons grav, dylika turistmål hade aldrig lämnat några djupare spår hos honom. Hans bestående intryck emanerade vanligtvis ur mänskliga möten.

Som då han i den lokala matvaruaffären stod bredvid någon kvinna och försökte bestämma sig för vilken äggförpackning han skulle välja. Helt omedvetna om varann böjde de sig båda för att nå någon av de lägre belägna hyllorna och krockade, skalle mot skalle. Efter någon sekund då L samlat sig lyfte han på huvudet, beredd på en pinsam ursäkt, men hon var före och han möttes av ett par skrattfyllda ögon, en vacker kvinna full i skratt. Momentant men helt omedvetet, men för henne måste det ha sett roligt ut, rättade han till anletsdragen och båda brister ut i skratt. För ett ögonblick står de där båda halvt framåtlutade och skrattar. Så möts deras blickar och plötsligt finns det där, bakom blicken, och han ser att hon ser. De byter några ord, obetydligheter, och fortsätter förbi varandra, men känslan stannar — känslan av ett möte. Inte kan väl synen av Eiffeltornet efterlämna något liknande?

Vilken människa har då L blivit? I förstone kanske framförallt ett resultat av livslång rädsla för den andre. Men har ändå inte alla hans problem mer varit ett resultat av innestängd psykisk energi, av ett mycket starkt och under lång tid inlåst libido? När han inte längre ville knulla med henne var detta under mycket lång tid detsamma som att hans kärlek till henne tagit slut. Men kanske hade han aldrig förstått kärleken, blandat ihop kärlek och erotik, förknippat det sinnliga behovet med det erotiska och utestängt känslorna.

"Rör vid mig, håll om mig, jag vill inte knulla det är inte den intimiteten jag söker hos dig". Nu visste han inte... Kanske hade han älskat henne, kanske var detta kärlek. Eller också saknade han förmågan till detta missbrukade men högst oklara tillstånd. Kanske förväxlar människor kärlek med förälskelse. Inför denna skur, ett virrvarr av, i och för sig, fundamentala frågor stod han rådvill. Det gick runt i huvud på honom när han tänkte på det.

Hon var knappt hälften så gammal som L, lång blond och bländande vacker. Hon uppskattade honom och ville ha hans sällskap. Kanske hade han äntligen nått så långt i sin individuationsprocess att han nu till fullo kunde uppskatta en sådan relation. "I din upptagna värld skänker du mig tid, jag försöker förstå varför, men det kan jag inte och det är inte viktigt. Samtalen med dig blir till balsam, jag smörjer min sargade själ med våra samtal." Speglad i hennes ungdom framstod hans tankar i ny skepnad. Hon fick hans svårmod att lätta till förmån för en mycket mer livsbejakande livssyn. Här hade han funnit någon som ville uppleva honom snarare än äga honom. Den omvälvande inverkan detta fick på honom uttrycks kanske bäst i det poem han skrev under denna period.

En varm filt när jag frös,
Ett räcke när jag var på fall,
Luft när jag kvävdes,
Tystnad när världen vrålade,
Sötma när bitterheten blev outhärdlig,
En utväg när fällan slagit igen.

För en gångs skull avlutades detta så betydelsefulla engagemang av skäl som låg utanför hans kontroll. Kort tid därefter, inledde han, som vanligt av en slump, ett förhållande som skulle komma att bli speciellt på ett helt annat sätt. Som genom ett ödets nyck var även denna kvinna mycket yngre än L. Henne åtrådde han, inte bara fysiskt, men naturligtvis — denna unga slanka kropp! I ett anfall av stor ensamhet ville hon ge sig till L. På grund av hennes ålder och utseende var det vad han då trodde. Hennes så tydligt uppvisade önskan skulle emellertid visa sig avse en mycket mer långvarig och långtgående förbindelse. Inför detta flydde han rent instinktivt. Denna gång visade sig den vanliga reaktionen vara förhastad och kom snabbt att ersättas av djup ånger. Varför då avvisa? Rädsla? När han var yngre kanske men inte nu. Men ändå, rädsla, rädsla för att förlora kontrollen, eller, då initiativet var hennes och förälskelsen hotade, rädsla för brist på kontroll.

Efter år av ånger och saknad så finner han henne plötsligt stående femtio meter framför honom! Samtalande med en annan kvinna, båda med barnvagn. Överraskningen blev stor då han var mitt inne i ett ångestskov som drivit honom hemifrån och som nu var på väg att föra honom till närmaste bokhandel. Vad han skulle där visste han inte, det var nog mest själva rörelsen som då drev honom. Överraskad av hennes uppdykande tog han sig fram till henne med några snabba steg. Åtrån tycktes utplåna avståndet. När hon så, helt oförbehållsamt och oväntat, erbjöd sig åt honom grep tvivlet honom och han flydde därifrån med en totalt genomskinlig undanflykt. Tvivlet ersattes givetvis av en stor inre oro som snabbt förbleknade och ersattes åter av ånger.

Nu måste han återfinna henne, han måste återvända till henne, men var finns hon nu? I alla fall inte där han lämnade henne. Nätternas drömmar förvandlade ibland dagarna till ett irrande sökande. Det skulle gå flera år innan han nästa gång nådde det så länge hett sökta målet. När hon så äntligen, återigen av en slump, stod framför honom, var det som om han glömt vad han sökte och bara ville fortsätta. Hon hejdade honom med att fråga"Hur kan jag få träffa dig?" L tittade villrådigt på henne och när hon mötte hans blick flydde han — för andra gången. Någon tredje gång kommer det inte att bli, det förstår han. Men det övertygar inte nattens demoner och kanske inte heller honom själv inners inne.

Kan någon varaktig djupgående förändring överhuvudtaget någonsin äga rum, oavsett om det gäller framsteg eller motgång? Självföraktet röstar för möjligheten till regression som enda vägen medan en mer välvillig sida vill framhäva möjligheten för reella framsteg. Skulle det för L kunna finnas en väg bort från avvisandets mångåriga pina?

Hur många gånger har inte detta hänt! Hur många nej på varje ja? Han vet bara att det är många. Beteendet, det synliga handlandet, har alltid varit detsamma, men de bakomliggande motiven har med tiden förändrats. Den ursprungliga fegheten och rädslan som ett resultat av en känslofattig och på visst sätt auktoritär uppväxt är i mångt och mycket övervunnen. Numera har det blivit tillåtet att misslyckas, men det underliggande kontrollbehovet finns där fortfarande och tar alltjämt kommandot över spontaniteten. I ärlighetens namn har det hänt vid några tillfällen att avvisandet fått stryka på foten inför ett övermäktigt begär, men detta ser han bara som ett, må hända dubbelbottnat, exempel på begärets primat.

I mörka stunder har han allt oftare börjat betvivla sig själv, ifrågasätta motiven för sitt handlande gentemot den andre. Beteendet har kanske inte alls avsett att dölja rädslan men istället göra den tydlig, i väntan på erkännande. Har han kanske bara förspillt sina resurser genom att hela tiden ha skroderat om sin rikedom inför tjuvar? Den eftersökta förföljelsen har ju aldrig låtit vänta på sig. En förföljelse som, när

184

den kom, han gjort alltför stor heder genom att låta sig plågas av den. Som lök på laxen har han gett sig hän åt känslan av att vara utsatt. Aldrig har han vågat ta tjuren vid hornen och möta den andre med blanka vapen. Men kanske beteendet inte är en fråga om val eller mod.

Likgiltighet för människor har alltid skrämt honom, rädslan att bli avslöjad har alltid fått honom att känna obehag i deras närhet. Det är i detta hans människoförakt har sin grund, ett förakt han på alla sätt försökt undertrycka. Han ville för allt i världen inte verka förmäten eller överlägsen men det gick ju i längden inte att dölja. Den bakomliggande orsaken till hans beteende var det aldrig någon som kände till.

Ännu ett av dessa ständiga möten dyker upp i minnet. Försenad, med hettan kvar i ansiktet efter den snabba cykelturen, klev han med hastiga steg fram till luckan på sjukhusets röntgenavdelning, fumlade och höll på att tappa remissen vid överlämnandet. Måhända väckte detta en viss uppmärksamhet hos kvinnan i receptionen, kanske fick hon det felaktiga intrycket att han var nervös inför besöket, men hennes blick avslöjade något annat, ett intresse utöver intermezzot med remissen. Hon betraktade honom med en sådan intensitet, hela sin uppmärksamhet, som om hon försökte att med en enda blick infånga hela hans person — Ja, hela hans liv, fick han för sig. Flimrade det inte till i hennes pupiller? En glimt av medvetande som bara alltför snabbt dog bort igen. Det var som när man söker avlägsna intelligenser med hjälp av radioteleskop, det ständiga bakgrundsbruset avbryts plötsligt av något, som kan vara något, något annat än kaos. Trots att inget utöver formalia blev sagt och att besöket vid receptionen var över på någon minut, så blev detta ett av alla de ögonblick som många år efteråt, kanske för alltid, lever kvar i minnet, närd av ovissheten. — Minns hon det också?

När L:s mor hastigt, och något oväntat, dog, uteblev sorgen. Även om han redan innan misstänkt en liknande reaktion, ja, rentav förväntat sig det, så blev han likväl förvånad. Kanske hade han dubier avseende närvaron av undertryckta känslor. Dessa tveksamheter kom dock på skam. Ingenting framkom, inte ens ögonblickets saknad, eller minnets längtan, inget utom ansiktet. Det ansikte han såg när han noga betraktade liket var inte mors men mormors, detta slappa, inte avslappnade men slappa ansikte, rynkigt och grått. Plötsligt var hon sin mor mycket lik.

Begravning med alla dess ceremoniella turer, fars hjälplöshet och den därmed, av nödvändighet, påtvingade centrala rollen L fick ta på sig, men också de följande, mycket mindre betungande juridiska efterdyningarna. Allt detta efterlämnade inte mer än ett mycket snabbt övergående engagemang som snabbt förbleknade. Men det blev mot denna snabbt bleknande kontext som ansiktet tycktes bli allt klarare, hennes ansikte, mors och mormors.

När L i mogen ålder, och i ljuset av den självinsikt livet framkallat, betraktade sina föräldrar, den hämmade modern och den omogna fadern, framstod främlingskapet till dem så tydligt. En klyfta hade öppnats mellan dem redan i hans yngre tonår. En klyfta som med ökad mognad och frigörelse slutade växa bara för att ersättas av acceptans. Att ha slutat bry sig om föräldrarna redan i sena tonår förändrade inte avståndet till dem, men det minskade deras betydelse i hans dagliga liv, något han då såg enbart som en befrielse. Men i efterhand blir ju den fortsatta bristen på vägledning tydlig. Åtagandet gentemot föräldrarna fick så småningom en närmast känslolös prägel. Den fulla vidden av detta förhållande stod klar först när mors bortgång gick honom spårlöst förbi.

TIO

M er än tio år innan den normala pensionsåldern valde L att sluta sin anställning, det blev första gången sedan han var fjorton år som han inte varit anställd, studerande eller militär. Med andra ord, underlydande någon. Att vara anställd hade alltid varit ett tillstånd han avskytt, trots mer än tjugo år i industrin. Han var medveten om den oöverträffade möjligheten för avskildhet som pensionen möjliggjorde. Långt innan den självvalda pensioneringen hade han varit mycket vaksam på utvecklingen i det hänseendet. Orsaken till detta var att han redan under åttiotalet kommit att få bevittna hur total ensamhet kan förorsaka en människas nedgång och fall.

Det började med att en granne gjorde honom uppmärksam på en ung man som enligt grannen ägnade sig åt musiklyssnande under hög volym mitt i natten. Efter detta började han lägga märke till denna person som tycktes vandra runt på gatorna under dagens alla timmar. Om detta berodde på att han blivit vräkt och därmed förvandlats till uteliggare förblev oklart. Det som däremot blev tydligt var mannens avvikande psyke. Ständigt rökande, alltid klädd i vad som måste vara containerkläder, — Inte sällan något som uppenbart var avsett för kvinnor. — ofta sittande på någon bänk ätande bröd och pålägg direkt från förpackningen inköpta i närmaste affär. Cigaretter och mat finansierade han genom att under sina vandringar samla pantburkar. Vartefter tiden gick uppvisade han alltmer oroväckande tecken på sviktande fysik, blev alltmer högröd och uppsvälld i ansiktet. Det var tydligt att det gick utför med honom. Efter flera år av detta fördärvliga liv försvann han från gatan. L antog att han dött men efter en längre tid dök han åter upp, nu i betydligt bättre skick. Någon social myndighet hade tydligen förbarmat sig över honom och givit honom plats på något boende. Hans dagliga vandringar fortsatte dock. Här kunde något psykiskt tvångsbeteende anas. Det skulle gå ytterligare några år innan han, då uppe i medelåldern, försvann från gatorna. Levande eller död, vem vet? Under alla dessa år sågs han aldrig tala med en annan människa, eller för den delen bli tilltalad av någon. Däremot började han vartefter att alltmer gå och prata för sig själv. Detta mångåriga, och avskräckande, exempel gjorde L för alltid mycket uppmärksam på riskerna med isolering.

Efter den tidiga pensionen, inträdde likväl en förändring som till en början var omärklig. Från att ha kunnat tillåta sig alla möjliga utsvävningar och spårbyten, så länge vägen var fri, förvandlades så sakteliga frihetens oberoende alltmer i en riktning mot undvikandets taktik. Nu förvandlades möjligheten att undfly möten till en drog, det krävdes ständigt ökande dos för att ge avsedd effekt. För att undvika ångesten blev det — Förutom inmundigandet av den numera obligatoriska dagsdosen av Citalopram. — nödvändigt att hela tiden skära ner på avvikelserna. Med tiden kom han att försiktigt köra runt i cirklar, som vartefter blev allt snävare samtidigt som farten hela tiden sjönk. Det oundvikliga slutet tycktes bli total stiltje och förlamning. Undvikandet av andra människor tog sig alltmer förunderliga former. Detta var inte vad han önskade eller avsåg men likväl var detta vad som hände. Det var nu kontaktlösheten blev så outhärdlig att flykten in i ensamheten var det enda som återstod. Därmed var färden mot isolering och den därmed minskande tåligheten mot allehanda ångestskapande företeelser inledd.

Genom att han frigjort sig från arbetsplatsens nödvändiga rutiner och samröre med medarbetarna, kunde nu avskärmningens saliggörande budskap få fritt utlopp. Den avskärmning som alltid varit en naturlig del av honom skedde nu passivt. Den nya sociala situationen tillsammans med den ständigt latenta depressionen bildade nu en ohelig allians som breddade vägen mot isoleringen. Likt problemet med hönan och ägget finns inte heller här något rationellt resonemang som kan peka ut en av dem som huvudorsak.

Det började med att han avstod alla längre resor, ett beslut som så småningom krympte alltmer för att sluta med lokaltrafiken som gräns. Under denna tid började han också göra sig av med saker han ansåg onödiga. Det började med musikanläggningen som när den gick sönder inte ersattes av en ny. Han kom på att hans bil stått oanvänd i garaget i flera år och gjorde sig av med den. Näst på tur stod cykeln som härstammade från 70-talet och behövde bytas till något modernare. Istället parkerade han den i centrala stan olåst, "lättaste sättet att bli av med den". Istället för att köpa en ny cykel bestämde han sig nu för att företa alla resor med allmänna kommunikationer. Alla dessa åtgärder syftade ytterst och endast till att reducera den numera, under ytan, alltid bubblande ångesten. Den en gång så centrala ingrediensen i hans ångest, behovet av förställning, hade ju drastiskt reducerats redan under återhämtningen efter sammanbrottet mer än trettio år tidigare. Nu, i hans nya situation som pensionär, blev behovet av maskering närmast överflödigt, med åldern hade nu känslan av att inte bry sig allt oftare kommit att överväga. Det avskräckande exemplet på isoleringens katastrof var under denna utveckling hela tiden mycket levande. I viss mån skulle man därför kunna karakterisera hans färd som medveten. Rädslan för personlig förödelse, fick honom att alltid vara mycket noga med hur han tog sig ut inför omgivningen. Inte så att han satsade på nyheter eller modernt men han utnyttjade sitt estetiska väderkorn för att alltid ligga rätt i förhållande till den image han ville visa upp. En image som nog bäst skulle beskrivas som luggsliten bohem. Likaså var han noga med att alltid hålla igång en viss kontakt med en mycket begränsad och noga utvald omgivning.

Något som också genomgick en förändring i tiden kring hans pension, var drömmandet. Återkommande upplevde han så intensiva drömmar att han vaknade av dem, ofta då badande i svett. Vanligtvis lämnade detta inga spår. Innehållet i drömmen bleknade ofta bort redan innan han hunnit somna om. Morgonen därpå kunde han minnas händelsen men inget av det han drömt om. Mer sällan hade han längre drömmar som efterlämnade tydliga drömbilder i minnet. Han vet att det är drömbilder då de alltid utspelar sig på bekanta platser, men där de uppvisar en miljö som aldrig funnits. Drömmen avviker alltid från verkligheten som han mindes den. Dessa drömmar var annorlunda också då de lämnade efter sig mycket tydliga bilder som finns kvar och dyker upp då och då, ofta skarpare är de vanligtvis suddiga minnesbilderna.

L var följaktligen inte bara pensionär men en helt annan person när hans far dog, nästan 20 år efter mor. Fars död följde på flera år av, vad som föreföll vara ett omedvetet lidande i svårartad demens. Under det att fars personlighet långsamt upplöstes fick L anledning att fundera över lidandet som företeelse. Lidande är alltid subjektivt och oönskat, men kan det finnas något sådant som omedvetet lidande? Han kom fram till att man nog kan anta en viss grad av omedvetet lidande hos dementa personer.

Vid fars död blev det dags att infria två löften han tidigare avgivit inför sig själv. Det första gav han efter jordfästningen av mor. Då lovade han att aldrig mer övervara en kristen ceremoni. Det andra löftet var äldre, mer än trettio år gammalt. Vid hans farmors dödsbädd nekade hans far att sitta vid sin mors sida under den sista natten av hennes liv. Detta trots enträgna försök från L:s sida där han erbjöd sig att vara med hela tiden. "Nej, det är meningslöst, hon vet ändå inte vad som händer", var fars argument för att undvika obehaget. "Detta kommer du att få betala", tänkte han då, för trettio år sedan. Och nu var det dags. Han vägrade att sitta vid fars sida den sista natten. Sålunda inskränkte sig de omedelbara konsekvenserna av fars död till en svindyr blomsterbukett placerad utanför kyrkan.

Då fars hem redan var avvecklat i samband med den nödvändiga flytten till demenshemmet, blev även de juridiska göromålen i samband med dödsfallet närmast minimala. Dock hade bortgången gjort honom medveten om fars livslånga avståndstagande inför allt han upplevde som obehagligt. Han hade alltid varit beredd att gå till ytterlighet för att slippa konfronteras med dylika känslor. Moraliska överväganden föreföll aldrig ha mycket plats hos far. Något helt annat gick upp för L först en tid efter fars bortgång. Han insåg då att han nu för första gången sedan födseln var utan föräldrar. Detta kan nog vara föremål för saknad hos många, för honom ledde insikten bara till en känsla av befrielse.

*

L är övertygad agnostiker,det har han varit under hela sitt vuxna liv. Detta föregicks av en period av mer radikal gudsförnekelse som såvitt han kan erinra sig måste ha varit fallet redan från början. Han kan bara erinra sig ett enda kyrkobesök under sitt liv, den egna konfirmationen. Sitt eget dop känner han till endast genom hörsägen. Hit räknar han inte icke-religiösa tillfällen som besök i domkyrkan av historiska skäl eller i den närliggande kyrkan i samband med konserter. Föräldrarnas kyrkobesök under hela deras liv inskränkte sig till dop, konfirmation, vigsel och begravning. Trots kristendomens centrala position i småskolan, kan han inte återkalla något minne av gudstro från den perioden, endast ett utantillrabblande av böner och psalmverser. Redan i tonåren kallade han sig ateist. Tjugo år gammal lämnade han den svenska kyrka han fötts in i. Han har länge frågat sig

194

huruvida denna besynnerliga tingens ordning, — Att födas in i ett trossamfund. — varit en starkt bidragande orsak till den exceptionella sekularisering som skett i Sverige.

Efter utträdet ur kyrkan kom han alltmer att bli uppmärksam på den kristna kulturens starka ställning, men också frågan om möjligheten av en utomvärldslig makt. Nu fick han anledning att ta avstånd från både kristendomen och ateismen. Dessa båda ståndpunkter framstod då för honom som likvärdiga. Båda ansåg sig veta något som ingen kan veta — Huruvida Gud finns. Det var då han förklarade sig vara agnostiker. Då han insett det omöjliga för människan — Som ju är begränsad till upplevelser i sin tredimensionella värld. — att någonsin kunna vinna kunskap om företeelser utanför världen, betraktar han sig dessutom som permanent agnostiker.

Agnostiker, vad innehåller då detta begrepp för L? Jo, han kan inte tro att det finns någon utomvärldslig kraft som står i kontakt med, och i någon mån kan påverka, hans medvetande. Han förkastar substansdualismen och tror inte på buddhismens liv som en del i ett karmiskt kausalt samband. Han är således inte bara tvivlare, men känner sig tvingad att i sitt dagliga liv, förkasta möjligheten till varje av materien oberoende andligt fenomen.

Nå, vad tror han då på? När han var ung och arg skulle han svarat "ingenting!", vilket ju naturligtvis är omöjligt, så alltså — vad tror han på? Kanske något i stil med tanken att helheten är mer än summan av delarna, det som brukar kallas emergent holism. Här tänks medvetandet uppstå som ett resultat av den materiella komplexiteten som centrala nervsystemet uppvisar. När denna materiella komplexitet upplöses vid döden, upplöses också medvetandet och med det livet — för alltid. Detta är en tanke som fått ny näring de senaste decennierna genom de ibland förvånande beteende som mycket komplexa datorprogram kan uppvisa. Det tycks bli allt svårare att på ett enkelt och begripligt sätt definiera skillnaden mellan biologiskt liv och artificiellt liv. Det finns framtidsoptimister som redan nu ser framför sig så komplexa datorprogram att de måste betraktas som, i viss mån, levande. Men vad hjälper då alla dessa hypoteser och spekulationer? Människan är ju trots allt inte en maskin, hon är utrustad med detta så svårfångade medvetande och som sådan, en moralisk varelse. Var finns motivet för ett moraliskt ställningstagande i datorprogrammet eller, för den delen, i den emergenta holismen?

*

L har provat många förändringar under sitt liv, sociala såväl som professionella, men hittills utan något fundamentalt allomfattande resultat. Hans liv har alltid präglats av otillfredsställelse, leda, stress, depression och ångest. Om inte det ena så det andra och så även framdeles tycks det. Med sin bräckliga och störda personlighet har uppmaningen att öppna sig för andra, för honom ofta blivit till ett fåfängt försök att gå upp i den andre. I den situationen har det upplevda sveket blivit så förödande att han ofta kommit att föredra ensamheten.

Alla dessa drömmar där han befinner sig i ett eller annat socialt sammanhang, till synes endast för att hålla sig undan! Det oroväckande i drömmarna är bråddjupet han alltid har bakom ryggen, ett enda felsteg räcker... I myllret av människor är det som om ingen vet att han finns, han tycks helt bortglömd, att göra sig påmind vore en katastrof, då det skulle innebära att avslöja bluffen. Att det är där, i avslöjandet, som befrielsen ligger, kan inte medvetandegöras, skammen är inte att uthärda. Men under ytan bubblar det som vore det en aldrig utlevd drift. Att få lämna denna ödslighet och kliva in i värmen, vilken lättnad det vore! Lösningen på dilemmat tycks, sedd i efterskenets karga ljus, alltid ha varit flykt. Det är så uppbrottet valts, kanske som en avsedd väg framåt när det i själva verket alltid varit en fråga om en väg bort, till nya platser där ingen kände honom. Där har han kunnat återuppta sitt sisyfosarbete, och så har skett, gång på gång. Han var nästan femtio år gammal innan han till slut gav upp. Det var först då han insåg att det hela tiden varit fråga om ett ständigt återtåg och såg det fåfänga i detta eviga flyende. Klarsynt kanske men utan att därför vara förmögen till en verklig rannsakan och uppgörelse med sitt förflutna. Måhända har flyendet upphört men i övrigt tycks han fast i undvikandet.

Visst har hans liv bibringat mycket insikter, erfarenheter och färdigheter, men ödsligheten har aldrig vikit undan. Det har ju aldrig varit han, hur skulle det kunna vara det när han inför sig själv aldrig lyckats svara på frågan vem han var. Utan den grund och de förebilder ur vilka man vinner självinsikt, lämnades redan tidigt ett stort tomrum. Självaktningens plats kom istället att långsamt fyllas av ett aldrig försvinnande självförakt.

L:s hypokondri har aldrig varit speciellt påtaglig då dödsångesten balanserats ut av depressionen, i alla fall så länge döden inte förefallit vara en akut möjlighet. Det är inte så mycket rädsla för döden som rädsla för sjukdomen som driver hans hypokondri. Noga taget är det rädslan att förlora den kropp och det förnuft utan vilka han inte längre förmår kontrollera sitt liv, eller sin död, som skrämmer. Det är ur tanken på att förlora kontrollen som all hans ångest föds. När han upptäckte en stenhård knuta på halsen fick rädslan grepp om honom, detta kunde han inte lämna därhän det var alltför oroande. Efter läkarkonsultation och efterföljande punktionsprov fick han erfara att skillnaden mellan lymfadenit och lymfom för honom var som skillnaden mellan himmel och helvete. Knutan var inte ett resultat av lymfom, men av lymfadenit.

*

När vi nu närmar oss slutet på berättelsen om L förefaller kanske förekomsten av fantastiska kvinnoaffärer i hans liv, närmast oändligt många och svårförståeliga för många. Men detta avspeglar bara hans närmast patologiska ovilja att förlora kontrollen. Glöm inte att vi här har att göra med en fantasimänniska, en människa som lever ut sina mänskliga möten — fullbordade eller ofullbordade — i sitt inre. Där, i det inre, har de ofullbordade mötena ojämförligt större potential då de lämnar fältet fritt för det bästa av allt, dialogen med sig själv som ensam deltagare. Dessa underbara samtal där man aldrig blir motsagd och slutet alltid blir det man vill. Men i detta finner man också inkonsekvensen i rättfärdigandet. Känslornas motiv är högst efemära och irrationella.

I raden av alla dessa slumpvis utvalda utdrag från ett långt liv har förvisso kvinnan fått en oproportionerligt stor plats, men det är ingen slump, det är ju ändå där de starkaste känslorna har haft sin plats. Naturligtvis är det allra mesta av detta långa liv förbigånget. Det centrala här inskränker sig till ett försök att tydliggöra förställningens mekanismer och resultat, ett centralt men ofta förbisett särdrag.

För att så här i elfte timmen gå tillbaka till ruta ett och fundera lite över gränserna för vad som här förekommit och vad som eventuellt återstår, men först skall man kanske påpeka det självklara, nämligen att analysen begränsas av det kända inre universum som utgörs av "the mind" (saknar relevant ersättning eller översättning på svenska!). I en berättelse om ett liv kommer alltid det som inte nämnts att vara det allra mesta, så och i denna historia. Men då avsikten inte är att slösa med trycksvärta, papper eller tid, får vi nog som avslutning nöja oss med hans funderingar kring meningen med livet och hans hantering av livets slut.

Då beskrivningen av hans liv började med det första medvetna minnet, vad som förevarit innan dess är för evigt borta, så känns det följdriktigt att avsluta med hans sista medvetna minne. Vad som eventuellt inträffar efter det är något som kommer att följa med in i det eviga utslocknandet.

Som ingen annan har Fjodor Dostojevskij utrett det där med livets grundläggande motiv. För honom står valet mellan Kristus och meningslöshet. Omöjligheten i det meningslösa livet, löser hans gudsförnekande romanfigurer genom att ta livet av sig. För de flesta ateister och agnostiker tycks frågan om meningen *med* livet har ersatts av frågan om vad som är meningen *i* livet. Till skillnad mot den förra frågan — Som för ateisten och agnostikern saknar mening då livet är meningslöst. — är den senare frågan lätt att besvara genom att engagera sig i ett eller flera mål för sitt liv. Det är så L tagit sig genom livets labyrint.

Av alla de, för länge sedan oräkneliga antal människor, som någon gång befolkat denna planet är det med visshet inte en enda som önskat sig bli född. — Vi kan här undvika alla spetsfundigheter avseende reinkarnation. — På samma sätt förhåller det sig inte med tidpunkten för livets slut. Här har de flesta människor möjlighet att påverka, inte bara när men också hur detta slut skall gestalta sig. Endast en försumbar del av mänskligheten väljer att utnyttja denna frihet, varför?

För de flesta är det alltför avskräckande att frivilligt ge sig i kast med döden, då speciellt sin egen. Romantiken, den stora dödsskildraren med sin aftonrodnad och sina höstlöv, det är så massan lärt sig se döden. Till och med självmordet kläs företrädesvis i romantisk språkskrud som ära, plikt och skam. Det är inte via någon teknisk beskrivning av huvudströmbrytaren till hjärt-lungmaskinen man vill se döden. Vem orkar med dylikt?

I vårt samhälle vars normer innebär ett massivt, kulturellt och politiskt avståndstagande från döden, har friheten att välja döden ersatts av en psykiatrisk diagnos och eutanasin blivit till ett brott. Tillsammans har detta lyckats skänka en skam över frågan som i sig gör att de flesta avfärdar alla tankar på att knyta samman döden med frihet. Bland de troende, som kan se döden med mer hoppingivande ögon, är väl nästan alla förhindrade, av ett eller annat evangelium, att kunna ge uttryck för något som ju då vilar i händerna på någon utomjordisk kraft, en kraft om vilken ingen kan ha någon kunskap.

För de avvikare som envisas, — De som vill utnyttja sin frihet till analys och val. — återstår, om inget annat, till sist alltid valet av lämplig metod för det finita avträdandet från det ofrivilligt tilldelade uppdraget att leva. Kanske vattnet vore bättre? L:s tankar går till en av favoriterna, Virginia Woolf, därifrån vidare till Moberg och Gullberg, några svenska öden han känner till. En annan av hans favoriter, Harry Martinsson, har han inte kraft att följa — vem har det? Om man inte visste bättre skulle man förpassa Martinssons människoöde till fablernas värld.

Detta, till och med för L udda ämne, leder ut i den verkliga snårskogen till vad som skiljer liv från död, eller kanske bättre uttryckt, icke-liv. En sak tycks de flesta vara överens om: Det är medvetandet som stipulerar det mänskliga livet. Om man, som Roger Penrose, hävdar att medvetandet uppkommer som en del i ett kvantmekaniskt system, då blir döden en fråga om kollapsen av en eller flera vågfunktioner. Ja, då tycks det som om vi skulle kunna vara både levande och döda samtidigt. Detta får L att känna sig som Schrödingers berömda men ack så metaforiska katt. Det blir tydligt att dylika fördjupningar omöjligt kan leda framåt i sökandet efter ett bästa sätt att dö.

Ett mycket mer handfast problem är ju det där med modet att medvetet gå i döden. Hur kan man överkomma all tvekan inför verkställandet av det mest definitiva och oåterkalleliga av beslut? Sedering förefaller lämplig och historiskt mycket vanlig... Virginia dyker åter upp på näthinnan och med det frågan "borde man ändå inte våga se sig själv i vitögat i detta ögonblick?" Nåväl, döden som en kollapsad vågfunktion eller ej, för att behålla stilen måste nog förnuft och rationalitet ges sista ordet. Snabbt och smärtfritt måste det bli, gärna också rent och snyggt. Det låter ju bra men denna korta väg är minerad. Hur lång tid måste det ta? Blir det smärtsamt? Och kanske det viktigaste, måste man lida? Rent är väl okej, men det där med snyggt? Finns det överhuvudtaget någon metod som efterlämnar ett snyggt resultat? — Alldeles speciellt för de stackare som skall städa bort resterna. — Det måste man nog tvivla starkt på.

Från att under många år varit föremål för filosofiska betraktelser, väckta till liv genom läsning och studier av Fjodor Dostojevskij, fick frågan om livets slut en helt annan prägel när frågan plötsligt kom honom närmare. Då det inte längre var ett objektivt spörsmål men ett personligt. Nu fanns där en känsla av final som nog delvis uppstått redan efter den första märkbara trombosen, vars verkan varit våldsam då den utlöste en stroke i cerebellum. Orsaken till detta var troligtvis självförvållad. Men det var efterverkningarna som först triggade igång tankarna.

Den dittillsvarande bekymmersfria kroppen anslöt sig nu till de fyrtioåriga mentala bristerna. De utslagna balansfunktionerna gaddade nu ihop sig med ångesten och blev till ett dagligt bekymmer. Frånvaron av en naturlig balans tvingade nu hjärnan att arbeta på högvarv för att kompensera för det utslagna balanssinnet. Resultatet blev mental utmattning redan vid måttlig ansträngning. Tidigare dagliga rutiner blev nu till utmaningar.

Vartefter blev det dagliga livet alltmer inskränkt, förändringarna var utspridda över tiden och först så här i reflektionens ljus framträder en utveckling som hela tiden gödde depressionen. De få njutningsmedel han uppskattat förlorade sin glädje och måste överges, cigarrerna verkade negativt på hans motoriska stabilitet, konjak och whisky hade liknande effekt och därmed var dessa möjligheter att skänka tillfälligt välbefinnande förlorade. Han köpte ett par promenadkängor av god kvalitet som redan vid den inledande promenaden visade sig väga för mycket. Det vill säga, dess vikt ökade på tröttheten vid promenaderna. Kortare promenader eller andra skor? Allt detta kan förefalla som bagateller men för honom blev vägen framåt snarare vägen utför. Då han kände sitt psyke bara alltför väl fanns hela tiden frågan om orsaken till hans mående i bakhuvudet, i vad mån var försämringen psykisk respektive somatisk?

Tanken på framtiden hade blivit rejält ångestskapande efter det som hänt. Resultatet, visade det sig, ledde till ett missbruk av Stesolid. Det började med att han inte tyckte sig känna den effekt han alltid varit van vid ända sedan Valium-tiden under tidigt åttiotal. Resultatet blev att han, helt omedvetet, gled in i en förbrukning större än vad han tidigare varit van vid. Det är visserligen sant att han en kortare period under åttiotalet förbrukade större mängder Valium men omständigheterna och åldern gjorde då att han helt problemfritt kunde kontrollera behovet och så småningom avsluta intaget. Kanske var det den erfarenheten och den därpå följande mångåriga mycket måttliga förbrukningen som orsakat ett bekymmerslöst förhållande till bensodiazepin. Detta visade sig nu bli ödesdigert.

Aningslöst anträdde han den berömda "slippery slope" vägen. Så här i eftertankens kranka blekhet kan man misstänka att en oförmärkt abstinens, redan i ett tidigt skede, ökade hastigheten på utförslöpan. Resultatet blev ett omedvetet ökande intag med allt värre tillvänjning som resultat, därmed var missbruket ett faktum. Det tog lång tid, och en mycket benso-negativ läkare, att väcka insikten om att allt inte stod rätt till. Först nu skulle tanklöshetens pris betalas, med en helvetisk, flera veckor lång, avgiftning som resultat. Denna kur hade dock en positiv effekt, den visade att självkontrollen var opåverkad när det verkligen gällde. Från den dag han ströp tillförseln intogs inte ett enda milligram bensodiazepin oaktat en frikostig tidigare utskrivning och 1500 mg Stesolid på lager. Trots en ibland omänsklig ångest under den inledande svåraste tiden rörde han inte pillerburkarna. Detta blev till en tid som han i efterhand inte hade en aning om hur länge den varade.

Den för människan unika möjligheten att välja om och när han skall avsluta sitt liv berör ju helt andra aspekter om den är personlig. Möjligheterna för ett fortsatt liv i samklang med de alltmer tröstlösa existentiella upplevelserna, kom så småningom att bli till en alltmer väsentlig fråga.

Från inledande tankar kring själva avslutningen blev så småningom också kontexten något som måste övervägas. Förutom befintligt testamente kände han ett behov av nedskrivna instruktioner till dem som skulle beröras. Väl medveten om att ingen behövde ta minsta hänsyn till det han skrivit, var detta vad han kände måste göras. Droger för att underlätta slutet blev noga planerat, så ock förberedelse av hjälpmedel för själva handlingen.

I mitten av åttiotalet hade han börjat föra anteckningar. Dessa var inte begränsade till hans egna person men omfattade allt som kom i hans väg. Mestadels var det korta betraktelser över saker som väckte hans intresse eller som han fann på ett eller annat sätt signifikant. Det kunde handla om kultur, natur, epistemologi, tro eller religion. Ja, kort sagt allt som utspelade eller hade utspelat sig under solen. I efterhand kan man förmärka ett avtagande intresse för politik till förmån för filosofi och psykologi, med andra ord från samhälle till humaniora. Det blev med tiden åtskilliga sidor vilka han aldrig lyckats sortera upp på ett för omgivningen begripligt sätt. Efter att först ha skrivit ner noggranna anvisningar avseende hur dessa papper skulle behandlas efter hans död, bestämde han sig slutligen för att rensa bort allt. I praktiken betydde det att datorer och lösa dataarkiv måste rensas. Det lilla som fanns på papper samlades i en plastpåse för att dumpas vid lämplig större avfallscentral.

ELVA

Detta måste ju vara den i det närmaste absoluta meningslösheten. Jag är ju inte hungrig! — Jo, jag känner mig verkligen hungrig, märkligt! L greps plötsligt av ett starkt tvivel på det han sysslade med. Det vore ju lätt att stilla hungern för stunden och stunden var nu allt. Men nej, nu var inte tillfället att låtsas okunnig, den verkliga meningslösheten låg ju i oförmågan att i denna situation ta till sig känslor av välbefinnande, detta hade inget med hunger att göra. Likväl måste detta ske just så här, det visste han, det hade han bestämt.

Ju färre valmöjligheter man har, ju viktigare blir valet för att undvika fel. Utöver det definitiva slutet hade frågan om de sista timmarna redan från början blivit ganska central. Tanken på en sista måltid väcktes, då det enda rationella motivet för ett fortsatt liv han kände till var att följa Jesus, en väg som ju för honom som agnostiker saknade mening. Men då Jesus hade en central roll i den kultur i vilken L tillbringat hela sitt liv, så varför inte en sista måltid, ett försök att göra finalen till något som om möjligt utmärktes av tillfredsställelse. Både måltiden i sig och dess innehåll blev därefter till en nödvändig del i den fortsatta planeringen.

Om nu måltiden fått något av ritual över sig och, i likhet med de flesta ritualer, saknade egentlig funktion. — Dess funktion stod att finna i ett känslotryck vars ursprung, likt alla känslor, var fördolt, så var det helt annat med klädseln. Bilden av en likblek totalt slapp kropp iklädd endast vita y-formade kalsonger var redan från början outhärdlig. Hur han än vände och vred på denna fråga visade det sig omöjligt att få till något som ens närmade sig en acceptabel estetik. Återstod att göra det bästa möjliga av slutresultatet. Den som skulle bli den första betraktaren, oavsett vem den stackaren blir, skulle inte behöva utsättas mer än nödvändigt. Valet av klädsel blev således av stor betydelse.

Det var idag det skulle ske! Den valda tidpunkten var ett resultat av praktiska överväganden och psykologi i förening. Klockan var nu tidig eftermiddag och han inledde det hela som planerat med ett långt mycket varmt och därmed avslappnande bad. Han funderade på att ta en första lugnande dos bensodiazepin innan badet men beslutade att vänta. Med karet fyllt lät han hela kroppen utom ansiktet sakta sjunka ner i det varma vattnet, lutade huvudet bakåt mot badkarskanten och slöt ögonen.

Nu är ju alla problem överspelade. Tablettmissbruk, ångest, depression och kroppens förfall, allt hade nu blivit betydelselöst! Han vaknade upp ur badkarsdrömmarna med misstanken att han under inverkan av det varma vattnet slumrat till en kort stund. "Det var nog bra att jag väntade med Stesoliden," tänkte han. Efter en snabbtvagning klev han ur badkaret. Efter noggrann frottering och en kort tvekan, rollade han lite antiperspirant under armarna.

Långsamt och metodiskt började han ta på sig de förutbestämda kläderna, fabriksnya underkläder med en vit T-shirt, ett par väl använda svarta jeans och svarta kängor. "Man vill ju inte bli utburen som en sängliggande." I en gnagande osäkerhet på sin självdisciplin bestämde han sig för att redan nu hänga fram den sedan länge färdigställda nylonlinan. Efter att ha svept över omgivningen med blicken och funnit att allt föreföll vara som det skulle, bestämde han sig likväl för att efter måltiden göra ytterligare en noggrann kontroll. Han var nu redo för matlagningen.

Dostojevskijs redogörelse föreföll oantastlig, utan Jesus är argumentationen för ett liv begränsat till tiden på jorden svår och knappast övertygande från ett förnuftsbaserat logisk perspektiv. Det naturvetenskapliga svaret finns ju där, men det hjälper föga inför den sedan begynnelsen ställda frågan om meningen med livet. Här krävs ett existentiellt svar inför vilket

210

vetenskapen står svarslös. När människan nu försetts med ett unikt självmedvetande skulle vi gärna vilja veta varför! Vad kan vara motivet för mitt liv om det bara är en tillfällighet, en naturens slump eller nyck?

På frågan vad som är meningen *med* livet, svarar nästan alla på något annat, nämligen vad som är meningen *i* livet. Detta är ju två helt skilda frågor. Det finns givetvis massor med saker som kan fylla livet med mening men inget av detta ger ju livet i sig någon mening. De abrahamitiska religionernas svar på frågan är livets odödlighet, där det jordiska lidandet är priset vi betalar för evigheten i paradiset. Men för alla oss som delar Nietzsches påstående att Gud är död saknas svaret på frågan om livets mening. När man förnekar Gud gör man det till priset av ett meningslöst liv. Ytterst få, även bland de mest djupsinniga filosofer, tycks villiga att erkänna detta sakernas tillstånd, det är som om en eller annan mening i livet får räcka. Meningsfulla sysselsättningar i livet anses tydligen vara ett fullgott substitut för gåtan om livets mening.

I en värld utan Gud måste livet på jorden beskrivas i termer av en negativ erfarenhet. Livet utan mening måste bli till ett lidande. I avsikt att minimera lidandet bör följaktligen livet göras så kort som möjligt. Mycket få tycks ha funnit fram till denna slutledning och ännu färre har varit villiga att ta konsekvenserna, kanske beroende på dess förödande och finita följder. Den

211

samtida kulturen har tvärtemot skapat ett slukhål kallat sjukvården vars huvuduppgift blivit att till varje pris förlänga medborgarnas liv. De som inte ställer upp på dessa ideal anses vara i behov av vård.

Själv tycks L ha ett aldrig sinande behov av att rättfärdiga sitt ställningstagande mot detta meningslösa liv — inför vem utom sig själv? Likväl har detta tragglats i hans inre oräkneliga gånger. Nu vaknade han plötsligt upp sittande vid köksbordet utan att ha en aning hur länge han suttit där och för vilken gång i ordningen han återigen försökt rationalisera bort dödsrädslan. Återigen försökte han intala sig att lämna filosoferandet därhän och från och med nu koncentrera sig på tillredning av maten.

Måltidens inledning var snabbt iordningställd då alla ingredienserna, med undantag för det hårdkokta ägget, fanns färdiga att hämta i kylen. Men allra först någon, förhoppningsvis, passande musik, han valde BBC radio 3 på wifi radion och hoppades på mycket barock. Under de tio minuter ägget kokte rostade han en brödskiva och skar den mycket noga ren från kanter. Det fanns hela tiden en känsla av krav på noggrannhet, både i utförande och val av ingredienser. Detta föranledde en obehaglig och gnagande tanke att behovet bara var ett sätt att dra ut på tiden. Med ägget avsvalnat och skivat täckte han brödskivan med en skiva lax, några skivor ägg, en klick laxrom och strödde över lite klippt persilja. Den färdiga förrätten täcktes över och placerades på köksbordet.

Han retade sig på att inte ha förberett dressingen dagen innan, nu fanns ingen tid för olja och vinäger att suga upp saften av den krossad vitlöken. Irriterat övergav han dressingen till senare för att istället börja finstrimla sallad. Svårigheten att koncentrera sig blev bara alltför uppenbar när han gång på gång var ytterst nära att kapa fingertoppen på pekfinger eller tumme under strimlandet av grönsakerna. Han tog fram och torkade ur en vit skål så att den glänste. Finns det ögonblick i livet som glänser? Under ett helt liv, naturligtvis stunder av lycka och stolthet, men något som bländar ut allt annat, reser sig över omgivningen? För honom var det ett uttalande av en kvinna vid ett övergångsställe i väntan på grönt ljus. Kvinnan i fråga anade inte vad hon sagt, vilket lämnade betydelsen intakt för honom.

Motvilligt lämnade han minnet och föste den strimlade salladen från skärbrädan ner i skålen. Letade fram en lagom stor morot och skalade den. Plockade fram rivjärnet och rev den över en tallrik. Han tyckte att moroten saknade sin karakteristiska doft men fortsatte mekaniskt att tömma över det i salladsskålen. Skar några tunna skivor spetskål och finfördelade över skålen. Öppnade frysen och tog fram en påse med frysta ärtor, något han tyckte passade mycket bra till salladsblandningen. Tömde i en inte alltför stor mängd ärtor i skålen och lade därefter snabbt tillbaka påsen i frysen. När han stängt frysen fann han det svårt att koncentrera sig för att komma vidare. I ett försök att återfinna rytmen tog han ner ett vinglas ut ena skåpet och tog fram vinet från sin plats.Han fyllde glaset till knappt hälften och drack det i två klunkar. Det var det spanska rödvin som han dagligen drack. Tanken att köpa något bättre vin till denna mycket speciella måltid hade stannat vid tanken. När han sett sig stående på systemet och välja bland sorter han inte så noga kände, väl medveten om orsaken, övergav han genast den tanken. De två klunkarna vin fick nu både kropp och psyke att slappna av en smula.

Med tankarna åter på salladen tog han nu fram burken med hela hasselnötter och delade 5-6 nötter i mindre bitar på skärbrädan och skrapade ner allt i salladsskålen. Därefter skar han upp en skiva rödlök, avlägsnade de yttre ringarna, finhackade resten och föste ner i skålen. Tog en träsked och blandade de dittillsvarande ingredienserna i skålen. Han avslutade med att grovhacka några skivor röd paprika och saltgurka som tillsammans med en sked svarta oliver östes ner i den nu färdiga salladen. Återstod bara den försummade dressingen och kryddor.

Plötsligt utlöste nu saknaden av riktig vitlöksdressing en överväldigande känsla. — "Varför gör jag allt detta? Så meningslöst." En tanke bara alltför välkänd och genomtröskad. Det enda han behövt göra för att lösa sina problem var ju att göra sig oberoende av den andre, därefter skulle livets meningslöshet förefalla betydelselös. Detta hade stått klart under en stor del av hans liv men den befrielsen hade visat sig ogörlig. Ja, stundtals hade det till och med förefallit som om det var själva medvetenheten om den andres betydelse som i sig skapade beroendet.

Han vaknade till med kylen öppen och vitvinsvinägern i handen. "Fan va svårt det är att koncentrera sig!" Han andades in och väntade några sekunder. Därefter hällde han i lite vinäger i ett glas och pressade ner två färska vitlöksklyftor, malde över några korn svartpeppar och rörde om en stund innan olivoljan tillsattes, därefter en längre stunds intensiv omröring. Ställde undan glaset med dressing tillsammans med den övertäckta salladsskålen på köksbordet.

Då det redan var bestämt att måltiden skulle avslutas med ost och kaffe, återstod nu i stort sett bara huvudrätten, en mycket enkel men god spagetträtt. Han började med att ställa fram alla ingredienserna på diskbänken. Ett knippe spagetti, klippt persilja, en citron, en färsk vitlöksklyfta en burk inlagd kapris, en burk sardeller och krossad chilipeppar. Därefter fyllde han en treliters kastrull med vatten, öste i rikligt med salt och satte kastrullen på medelhög värme.

I väntan på att vattnet skulle koka upp finhackades vitlöken på en mindre tallrik. Därefter lade han upp en knapp matsked kapris på samma tallrik. I avsikt

att maximera den vidunderliga smaken av kapris de-
lade han varje exemplar av denna omogna inlagda
blomknopp i två halvor. Hämtade ner rivjärnet och
rev skalet av citronen över vitlök och kapris. Fiskade
upp två sardellfiléer ut dess burk och skar filéerna i
små bitar. Till sist blandade han alla ingredienserna
med den finhackade persiljan och en mindre mängd
chiliflagor. Allt rördes om väl. En mindre kastrull med
några skvättar olivolja sattes på spisen under låg vär-
me. Innehållet på tallriken skrapades ner i pannan för
att sakta sjuda upp. Han ökade nu värmen under pas-
tavattet till högsta läge och väntade den korta stund
det tog för vattnet att börja koka, sänkte genast vär-
men något för att hindra överkokning och lade där-
efter ner spagettin i kastrullen och använde en trägaffel
för att få ner och runt spagettistängerna i det ko-
kande vattnet. Under omväxling rörde han nu runt
spagettin med trägaffeln och vispade ingredienserna i
den andra kastrullen med en vanlig gaffel. Så snart
spagettin kändes genommjuk ökade han värmen
under den mindre kastrullen för att få innehållet att
puttra upp. Han tog fram en matsked och öste tre
skedar av det kokande pastavattnet över innehållet i
den mindre kastrullen, rörde därefter runt bland-
ningen så att det hela fick en simmig konsistens var-
efter han åter sänkte värmen.

Nu återstod bara att tömma över spagettin i ett
durkslag, skaka ur resterna av vatten och tömma upp

spagettin på en djup tallrik. Direkt därefter tog han den andra kastrullen från spisen. Med hjälp av en gummiskrapa skrapade han ut kastrullens innehåll över spagettin. Utan dröjsmål placerades nu tallriken under ett plastlock och sattes in i mikron på lägsta möjliga effekt för värmehållning.

*

Äntligen klar! Det återstod bara att slå sig ner och avnjuta måltiden. Nu avlöstes koncentration av en relativ avslappning och den stora tröttheten inträdde. Plötsligt förlamades han av utmattning och kände att han bara ville överge köket och gå in och lägga sig på sängen, ett för honom välkänt tillstånd. När det någon gång blivit för mycket och ingen omedelbar utväg stod att finna har han enda sedan barnsben gått in i sig själv och väntat ut vad det nu var som inte kunde aktivt hanteras. Detta var inget självvalt beteende, det kom över honom utan viljans inflytande. Beteendet var fullt synbart för omgivningen. Med ens var han inte längre en del av skeendet, blev i stort sett meningslös för kommunikation, till synes likgiltig för yttre förändringar. Inte förrän orsaken försvann och han upplevde att han åter kunde uppnå kontroll över sin situation släppte förlamningen.

Anledningen till denna reaktion just nu överraskade honom. Desto tydligare blev det inre uppror som utlöstes av det som kommit över honom, ett tillstånd som i denna situation föreföll totalt malplacerad.

Inget fick nu rubba honom, han måste fortsätta! Desperat ställde han sig mitt i köket, tog flera djupa men långsamma andetag och lyckades därmed tränga undan ett tillstånd som han just då upplevde som helt vettlöst. Vankelmod hade varit en ständig följeslagare på dystopins väg, med bristande handlingsmotiv som resultat, men nu? Nej! Beslutet var fattat, egentligen för många månader sedan. Det var den senaste veckans händelser som triggat igång det definitiva beslutet.

Nu var det dags, det var nu det skulle ske! Som en bekräftelse tog han 10 mg Stesolid och sköljde ner med vatten. "Jag kanske skall vara glad om jag kan få i mig maten jag tillagat," tänkte han missmodigt när han slog sig ner vid bordet och fyllde på vinglaset. Det där med att njuta måltiden fick nu något av löjets skimmer över sig. Doften från pastan var tydlig. Den starka doften väckte hans gamla doftminne till livs, en fadd unken lukt som han än i denna dag, efter ett helt liv, fortfarande så tydligt kunde återuppleva. Det var inte själva lukten men känslan som så tydligt återupplevdes, mycket tydligt. Så tydligt att det nu märkbart påverkade hans redan tveksamma aptit. Han försökte rycka upp sig med en djup klunk vin och ett djupt andetag för att tränga undan tankarna till förmån för den härliga doften av varmrätten.

Sedan han bestämt sig hade han konsekvent vägrat att tänka på det och dem han skulle lämna bakom sig.

Kanske var det känslorna som skrämde, eller då snarare konsekvenserna av eventuella känslostormar. Men det var något annat som kanske mest avvek, något som överraskade honom. Det var inte bara så att de få som stod honom närmast var undanträngda, de hade helt enkelt ingen framträdande plats i det som utspelats sedan hans stroke. Det var en utveckling som skett i hans inre, i stort sett okänd för omgivningen.

Det livslånga, sjukliga, beroendet av den andre var något helt annat, det rör en fiktiv varelse eller riktigare, ett abstrakt begrepp som levde sitt liv inom honom. Ett talande exempel är hans tankar på hur han kan komma att te sig för de som skall ta hand om resterna. De andra? Det är alla dem som då för första gången kommer att sakna all betydelse för honom! Varför denna rädsla, från barnsben? Förbudet att avslöja sig var alltid primat, inget pris var högt nog för det heltäckande kamouflage han under många år, i sin enfald, trodde var ogenomträngligt. När så inte visade sig vara fallet rämnade hans inre i panik och ångest. Till det yttre förlöpte det dock nästan spårlöst, det var till och med så att erfarenheten ledde till en nydaning av täckmanteln med större självsäkerhet som följd. Den ursprungliga orsaken till detta behov att dölja sig för omgivningen, som kom att forma hela hans liv, tecknar en så komplex bild med arv och miljö i ohelig allians att varje försök till närmare analys förefaller meningslös. Flerårig psykodynamisk terapi skulle säkert, med benägen hjälp, leverera ett svar, men ett svar han inte för ett ögonblick skulle tro avspeglade något som närmade sig en någorlunda objektiv verklighet.

Det är i denna kontext hans tillkortakommanden skall förstås. Aldrig har han tänkt "vad skall de nu tänka om mig"? Aldrig har hans beteende kännetecknats av dåligt självförtroende, snarare är det då skammen som efterlämnat ett defensivt beteende i interaktion med främlingar. Det är som om han skämts för att inte kunna vara en av dem. Aldrig att han skulle avslöja sitt mentala tillstånd, ännu mindre be om hjälp för att komma på andra tankar. Han inte bara vet vad som är bäst för honom, han är den ende som vet det.

Förhållningen till sina närmaste så som han nu upplevde det var något nytt — en frånvaro. I funderingarna kring livets begränsningar tycktes det inte finnas utrymme för någon annan än han själv. Efter att ha levt ensam, i det närmaste avskärmad, under flera års tid blev nu alla tankar på bekanta eller älskarinnor till gamla minnen — Många av de oftast återkommande minnena kretsade kring erotik och sinnlighet. Men de människor han då såg framför sig fanns inte längre. De var kanske döda, under alla omständigheter åldrade, de han såg framför sig var yngre kvinnor, vilka alla nu måste vara över femti, i många fall pensionärer, gamla tanter. Ja, i alla fall gamla, han hade en känsla av att många av dem aldrig skulle bli tanter. Allt detta förstod han mycket väl, trots det var dessa minnen — I likhet med hans depressioner —recidiverande, en del ideligen.

Men nu kommer ju alla dessa så genomtragglade funderingar och analyser att bli betydelselösa. Han vaknade upp, förbannade åter sitt drömmande och fyllde på vinglaset. "Detta dagdrömmande måste upphöra!" Utan dröjsmål avtäckte han smörgåsen och skar upp den första tuggan. Det var faktiskt ganska gott, en blandning av överraskning och tillfredsställelse infann sig. Resten av laxsmörgåsen försvann snabbt och sköljdes ner med mer vin. Det hade redan blivit en del vin och han kände nu att han skulle vara försiktig med vinet då effekten av alkohol och benso inte helt kunde förutses.

Han ställde undan den tomma tallriken och flyttade fram salladsskålen. Rörde om i glaset med dressing, tillsatte lite salt och hällde den över salladen. Bestämde sig för att äta salladen direkt ur skålen. Efter några tuggor fick salladen godkänt och efter att ha ätit en tredjedel kände han för ett kort uppehåll. Han lutade sig tillbaka och tog en klunk vin.

Det var när han var på väg från biblioteket uppför grusgången... Varför i hela friden var han på väg till bokhandeln? — Ett av dessa så irrationella beslut som kännetecknade hans ångestperioder. När han tittade upp mot gatan fick han syn på henne. "Fan också, jag vill inte träffa henne nu!" Henne som han trånat efter under så lång tid. I själva verket ville han inget hellre än att träffa henne, men inte nu. Istället denna panik! Med låtsad stor brådska flydde han över gatan in i parken. För de flesta, någorlunda stabila, var detta en lärdom. Inte så för honom när han flera år senare gick rätt på henne i trängseln utanför McDonalds! Samma panik som sist men denna gången valde han att låtsas inte se henne, rusade istället i in på köpcentret utan att se sig om. Resten av den dagen var förstörd av ett inre kaos. "Skall då detta aldrig ta slut, i så fall hur?"

Jo, nu kommer det ju snart vara slut! Han var tillbaka i nuet. Minnet hade lämnat en dålig eftersmak och efter ytterligare några tuggor sallad föste han undan skålen och sköljde ur munnen med lite vin för att bli redo för huvudrätten. Här väntade ingen överraskning, detta hade han ätit många gånger och visste att det alltid smakade lika bra. Efter några omgångar spagetti förstod han att det var bäst att äta långsamt. Den sviktande aptiten började göra sig gällande.Han lade ifrån sig gaffeln och lutade sig tillbaka.

Radion spelade Tjajkovskij:s första Pianokonsert vilket genast återkallade ett tydligt minne, trots att det var mer än sextio år sedan händelsen utspelade sig. Det var på Bataljon af Trolles mäss. Den låg på andra sidan kaserngården från hans förläggning. Det var någon rockversion som spelades på jukeboxen. Han var ännu inte fyllda tjugo och hade hela det vuxna livet framför sig. En avgränsad och annorlunda period, denna tid i flottan, en tid fylld av erfarenheter både i tjänsten och utanför. Det som lämnat mest intensiva avtryck var de obehagliga, där man blev påmind om sina begränsningar som medmänniska. Det var på Jarramas — Kasernen, inte fullriggaren. — han en gång var nära att dö. Endast beroende på ynglingens starka livskraft kom han undan — kom undan? Hade det inte varit bättre att få sluta där och då, slippa vidare lidande?

Trots usla förutsättningar hade han upplevt långt mer än de flesta, mer än alla de som kanske rest och byggt men vars inre tycktes vara kvar i ynglingastadiet. Han hade skaffat sig stor hantverkserfarenhet och skicklighet, fördjupat sig i konstens mysterier, veckat sin hjärna i filosofins olösliga gåta. Ja, till och med erfarit något om sjökrigets villkor. Men framförallt hade han, sett till de inre förutsättningarna, upplevt erotikens alla skrymslen.

Allt han skrivit och på senare tid publicerat, fåfängt utan läsare, men trots allt visat upp, handlade det om honom, berättar det något om L? Ja, naturligtvis berättade allt detta något om honom, på samma sätt som allt som skrivs, har skrivits och kommer att skrivas, säger något om författaren. Man skulle till och med kunna hävda att en noggrann analys skulle kunna säga mer om författaren till en instruktionsbok än om författaren till en del episka självbiografier. Så javisst finns han med i det han skrivit, men några verkliga avslöjanden får nog läsaren leta länge efter.

Ergo, dags för finalen. Men först avluta måltiden, tänkte han och rullade upp ännu en portion spagetti på gaffeln. Det gällde nu att försöka äta upp det han tillagat! I ett försök att intala sig själv gav han sig åter i kast med den mycket välsmakande spagettin. Nu var aptiten nere på noll, men det gick bra att tömma det som var kvar på tallriken. Det behövdes nu en paus innan kaffet, det kände han. Fanns det ett underliggande försök att fördröja? Inte medvetet men misstanken fanns där hela tiden, det fanns en brist på tillit inför det som skulle hända. Han blundade och lutade sig tillbaka på stolen.

Minnet måste vara en av våra mest definierande egenskaper. Minnen kan utlösas av andra sinneserfarenheter, såsom lukter bilder eller ljud, men de kan också ha instrumentella grunder. Så var fallet med L:s minne av hur han lärde sig åka skridskor på en spolad plätt på skolgården, det egentliga minnet var av ensamheten. Vissa minnen försvinner aldrig medan andra trots stor påverkan vid tillfället, i förstone tycks borta tills de så plötsligt dyker upp, ofta till synes utan anledning, för att därefter få en mer permanent plats bland återkommande minnesbilder. Ett minne av den senare typen berör den korta interaktionen med den mycket sparsamt klädda kortklippta blondinen, ett minne som varit helt borta i mer än tjugo år för att sedan dyka upp en kväll när han stod och wo-kade!

"Det är stört omöjligt att bevara koncentratio-nen!" Det underliggande kaoset gav sig hela tiden till känna genom alla dessa minnen som bubblade upp vid minsta avslappning. Han fyllde åter på vinglaset. "Detta drar ut på tiden, sitter mest och dagdrömmer." Han reste sig från bordet och skulle, i tankspridd rutin, till att spola upp diskvatten, men nej, diska, det var för mycket. Istället hämtade han två Stesolid och återvände till diskbänken i det ursprungliga syftet att tappa upp ett glas vatten för att skölja ner ytterligare 20 mg benso och därmed förhoppningsvis hantera återstoden, insvept i psykofarmakans varma filt. Tänkte först vänta med detta till efter kaffet, men övervägde tiden till att de skulle ge avsedd verkan... Slutade vela och svalde båda tabletterna utan vatten.

Han tog ner moccabryggaren, kaffekvarnen och bönorna och malde en rikligt tilltagen mängd bönor. Nu behövde han en stark kopp kaffe. Fyllde bryggaren med en moccakopp vatten och fyllde på det grovmal-da kaffet, skruvade på överdelen och placerade bryg-garen på plattan, ställde in max värme och väntade någon minut tills det att allt vatten pressats upp i den övre behållaren, hällde därpå upp kaffet i koppen. Funderade på ost eller choklad, bestämde sig för en rejäl skiva engelsk Stilton. Öppnade kylen, avlägsnade gladpackomslaget och skar till en bit ost och lade tillbaka osten.

När han stängde dörren till kylen grep honom åter detta starka tvivel — det meningslösa i det han höll på med. Avsiktligt avbröt han tänkandet med en bit ost, med dess utsökta kraftiga smak, svalde hälften av kaffet och direkt därefter resten av osten. Inget, inte ens detta tillfälle, kunde förringa den vidunderliga smaksensationen av denna blandning. Nu var inte bara måltiden men också tiden slut — nästan. Det var nu det gällde att färdigställa arenan och avsluta det hela, absolut avsluta. Tog lite vin och sköljde motvilligt bort den härliga eftersmaken från kaffet och osten, men ville nu ytterligare underlätta med ett sista glas vin.

Kirillov menade att han blev Gud när han sköt sig, han var sinnessjuk, men likväl är L beredd att hålla med honom. Det var ingenjör Kirillov som Dostojevskij utvalde för det filosofiska självmordet. Huruvida ingenjörsexamen spelat in för L:s filosofiska ställningstagande visste han inte, men den filosofiska tanken att ett liv sämre än ett icke-liv bör avslutas, var central i L:s beslut.

Efter lite funderande bestämde han sig för att stänga radion. Dels fann han tanken på ett slut till musik närmast bisarr, dels ville han förhindra alla associationer och med dem minnen som musiken kunde förmedla till omgivningen. Han gick nu ut i hallen och därifrån till sängkammaren för att återigen kontrollera alla förberedelser, att alla meddelanden, brev och testamente befann sig i ordning och på plats. Brydde sig inte om att rulla ner då ingen ändå kunde se honom.

Den gamla oron för att inte kunna sluta tänka dök givetvis upp. Som mångårig utövare av meditation var tekniken välkänd och under kortare stunder lätt att uppnå, men nu? Nu när det skulle komma att bli så mycket svårare och samtidigt viktigare än någonsin. All tvekan skulle bara förvärra situationen. Han gick beslutsamt bort och applicerade linan runt halsen — mycket noggrant. Samlade all kraft för att sluta tänka och satte sig ...

Det är skymning
I dagens sista ljus börjar terrängen suddas ut
en känslornas geografi börjar sakta lösas upp
till en början suddigt utslätad
det allt blekare ljuset suddar ut konturerna
det hårda skalet börjar gå i upplösning.

Den sista färden har börjat
det inbjudande landskapet, fasornas mörka skogar
sommarängens lättsamma terräng
de oöverstigliga bergstopparna
allt nivelleras nu
övergår alltmer i ett jämnt stilla grått
sedan är dagen slut.